LAMETTA-REGEN & GLITZERSTAUB

FRAU SILBERFISCH

DIESES BUCH IST
EIN GESCHENK VON:

_____

FÜR:

_____

LAMETTA-REGEN & GLITZERSTAUB

FRAU SILBERFISCH

Bibliografische Information der Deutschen Nationalbibliothek: Die Deutsche
Nationalbibliothek verzeichnet diese Publikation in der Deutschen National-
bibliografie; detaillierte bibliografische Daten sind im Internet über dnb.dnb.de
abrufbar.

Herstellung und Verlag: BoD – Books on Demand, Norderstedt

ISBN: 9783750411395

Boykott und B*r* ᵘchware

Tobias Klein

Endlich ist das letzte Türchen geöffnet, die schreckliche Vorweihnachtszeit, in der alle so besinnlich und liebevoll miteinander umgehen, ist überstanden. Joe holte das kleine Schokoladenstück in Form eines gefällten Weihnachtsbaumes aus dem Kalender, schmiss es sich genüsslich in den Hals und machte sich auf den Weg ins Getümmel. Einkaufen an Heiligabend, ein Horror für Joe.

Er liebte neuerdings den Sommer und sah nach seiner selbstkonzipierten Typveränderung aus wie ein zu alt geratener Surferboy. Mit Flip-Flops, Bermudashorts und einem neongelben Shirt ging er vor die Tür.

Styling macht eben keinen Urlaub, und wenn hier alle so frohlockend dieses Fest feiern wollen, ging er eben in seinem Surferoutfit und mit auffällig strammen Waden die letzten Besorgungen machen. Eigentlich war ihm nach Lasagne, Nudeln und Pizza, aber seitdem seine Frau ihn wegen dieses „Italieners" aus der Pizzeria nebenan verlassen hat, mied er jegliche Art von italienischen Speisen.

„Mit diesem Boykott werde ich es diesem Giovanni schon zeigen", dachte er sich, während er den Supermarkt betrat und dabei seine Sonnenbrille gekonnt über die Geheimratsecken schob.

Durch den reingetragenen Schneematsch im Eingangsbereich wurde der Weg in die Obstabteilung zur Rutschbahn, nicht nur, dass er durch das typische Flip-Flop-Geräusch im ganzen Laden zu hören war, auch sein Fluchen bei jedem Wegrutschen ließ die eine oder andere Mutter ihrem Kind die Ohren zuhalten. „Moin Schorse", rief jemand aus der Ecke bei den Kartoffeln.

Joe, der eigentlich Georg hieß und von allen nur Schorse genannt wurde, entgegnete nur mit einem norddeutschen Kopfnicken, das sollte reichen. Es war sein Arbeitskollege aus der Bank, der sich nach der Begrüßung zu seiner Gemahlin umdrehte und kicherte. „Lass die alle machen", dachte sich Joe und lud ein paar sommerliche Früchte in seinen Korb, natürlich nur importierte Ware aus Spanien. Diesen Giovanni, sofern das sein richtiger Name ist, hat er schon einige Male in der Solariumkabine neben sich gehabt. Laut stöhnend: „Ach wat war dat herrlisch."

Der kam doch höchstens aus dem Ruhrpott, vermutlich waren dieser Akzent und die künstliche Bräune nichts weiter als Verkaufsstrategie, und ausgerechnet seine Erika ist auf diesen Typen reingefallen. Hatte ihn damals schon gewundert, dass dieser Giovanni angeblich nur jedes zweite Wort versteht und somit für jede vergeigte Bestellung eine Ausrede parat hatte. Ein Gutes hatte es aber: sein neues Ich war nicht mehr der typische Bankangestellte, den jeder übersieht, er traute sich endlich was.

Auch, wenn das Auftreten bei diesen Temperaturen sehr anstrengend war: er fiel auf und konnte seinen Hass gegen dieses Fest der Liebe so allen zeigen. Liebe?

Pah, wer braucht das schon?

„Ich nicht!", sagte er sich wieder und wieder selbst. Noch ein paar von den letzten reduzierten Weihnachtsmännern eingepackt und ausnahmsweise nochmal freundlich nach Bruchware gefragt, bevor es nach Hause ging. Bruchware nicht nur, um Geld zu sparen, sondern weil er eine große Menge Schokofiguren für seinen selbstgebastelten Adventskalender benötigte. Dieser begann bei Joe nämlich schon am 01.01. und bestand ausschließlich aus „i hate xmas"-Motiven, die er sich selbst im extra angeschafften 3D-Drucker herstellte.

So erfreute er sich jeden Tag an schwitzenden Rentieren in der Sonne, Schlittschuhen mit gebrochenen Kufen, einem betrunkenen Weihnachtsmann in der Polizeikontrolle und Hunderten anderen Schokostückchen, immer in der Hoffnung, dass er nächstes Jahr dieses Fest wieder mit seiner Erika feiern kann.

Weihnachten 1961

Martin Bauer

Das Weihnachten 1961 sollte für mich ein ganz besonders Weihnachtsfest werden. ‚Warum' will ich kurz schildern.

Aus unerklärlichen Gründen bekam ich kurz vor Weihnachten hohes Fieber. Der Hausarzt konnte sich keinen Reim darauf machen und riet meinen Eltern, mich auf die Kinderstation im Wolfsburger Krankenhaus zu bringen. So kam ich eine Woche vor Weihnachten ins Krankenhaus. Meine Eltern und auch ich hatten die Hoffnung, dass die Ärzte schnell herausfinden würden, was mir fehlte und ich zu Weihnachten wieder zu Hause sein würde. Anfangs sah es auch ganz gut aus und ich hatte die Hoffnung auf ein Weihnachtsfest zu Hause in meiner Familie, bis ich am 22.12. dann diesen Brief von meiner Mutter bekam.

Wolfsburg, den 22. 12. 1961

Mein lieber, großer Martin?

Heute habe ich im Krankenhaus angerufen und da hat die Tante Doktor mir gesagt, daß es besser ist, wenn Du noch da bleibst. Das ist ja nun eine dumme Sache, aber ich denke, Du bist weiter so vernünftig und brav wie bisher und tust alles, was nötig ist, damit Du dann bald wieder gesund wirst. Wir kommen dann am Sonntag und besuchen Dich und bringen Dir dann ganz was Schönes mit, ja? Freust Du Dich schon sehr?

Die Tante Doktor hat erzählt, daß ihr heute auch schon eine Weihnachtsfeier habt, das ist doch sicher sehr hübsch. Neulich war Fräulein Musahl hier und hat gefragt, wie es Dir geht. Sie sagt, Du hast noch nicht viel versäumt und Du brauchst keine Angst zu haben, daß Du nicht mit in die dritte Klasse kommst. Das schaffst Du schon.

Wir haben hier noch viel Arbeit. Gisela und Karin müssen dolle helfen.

So, mein Junge, nun sei weiter schön lieb und werd uns nur bald wieder gesund, hörst Du?

Wir haben Dich lieb und grüßen Dich alle ganz doll.

Deine Mutti

Nach diesem Brief war ich natürlich sehr traurig und sollte nun sehr tapfer sein und möglichst schnell gesund werden. Ihr müsst wissen, ich war damals gerade sieben Jahre alt. Also nichts mit Weihnachten zu Hause!

Umso größer war dann am 24.12. vormittags die Freude, als meine Eltern ins Krankenhaus kamen und mir mitteilten, dass ich zwei Tage „Sonderurlaub" bekommen könnte, wenn ich zu Hause nicht zu viel herumtoben würde. So ist das an Weihnachten nicht leicht zu gewährleisten, aber meine Eltern stimmten dem Sonderurlaub auf eigene Verantwortung zu und ich durfte mit nach Hause, wo ich zwar gleich wieder im Bett landete, aber ich war zu Hause.

Die Bescherung am Heiligen Abend war
dann auch besonders feierlich, da wir alle zusammen
waren. Die Familie, der Weihnachtsbaum, wie immer mit der Krippe,
den Hirten und Schafen, den Heiligen Drei Königen, den echten Kerzen und
Kugeln und Lametta, ein echtes Erlebnis. Das Singen von Weihnachtsliedern
zum Blockflötenspiel meiner Mutter und Schwestern, ebenso wie das Lesen der
Weihnachtsgeschichte: „..., siehe, ich verkündige euch große Freude ...". Meine
größte Freude war, zu Hause zu sein. Gleichwohl ist mir als schönstes Geschenk
der Bahnhof für meine Modelleisenbahn in Erinnerung, den meine Eltern in der
Adventszeit in abendlichen Bastelstunden aus einem Bausatz zusammengebaut
hatten. Dieser Bahnhof steht noch heute nach über 50 Jahren auf meiner Modell-
eisenbahnanlage auf unserem Dachboden.

Am 1. Weihnachtsfeiertag musste ich dann abends wieder im Krankenhaus sein.
Auf der Fahrt dorthin fuhren wir noch einmal die Porschestraße in Wolfsburg auf
und ab, denn dort standen jedes Jahr mehrere Weihnachtsbäume im vollen Lich-
terglanz. Ein Bild, das ich nicht vergessen habe, und das es noch schwerer machte,
wieder ins Krankenhaus zurückzukehren.

Aber um alle Leser*innen zu beruhigen, so ging es dann doch alles gut aus. Der
Verdacht auf Hirnhautentzündung bestätigte sich nicht, sondern die Ärzte stellten
eine verschleppte Mandelentzündung und Rachenwucherungen fest. Beides wurde mir dann operativ entfernt und ich konnte schon bald im neuen Jahr das Krankenhaus verlassen. Auch in der Schule konnte ich wieder den Anschluss finden
und die Versetzung in Klasse 3 schaffen.

Aber dieses Weihnachten, das eine überraschende Wende für mich nahm, bleibt
mir in Erinnerung, und der Brief meiner Mutter liegt in meinem Schatzkästchen.

Advent, Advent, der Engel brennt.

Larissa Förster

‚Weihnachten' bedeutet wiederkehrende Bräuche, und so wie diese, gibt es jemanden, der seit drei Jahren zu Weihnachten wiederkehrt. Bei mir auf der Wache nennen wir ihn den Adventskiller. Am ersten Advent tötet er eine Person, am zweiten zwei Personen und so weiter. Jedem Opfer nimmt er etwas und am 26. Dezember stehen die Sachen vor der Polizeiwache. Die einzigen Zusammenhänge sind, dass alle Opfer weiblich sind und an der Innenseite des Oberschenkels einen Engel eingebrannt haben. Alle Versuche, ihn zu fassen, verliefen im Sand. Er verhöhnt uns, treibt uns voran, wie der Hund die Schafe.

Seit gestern Morgen um drei bin ich wach und versuche, neue Hinweise aus den alten Morden zu erkennen, aber selbst der dreifache Espresso hilft mir nicht. Eine Pause kommt aber auch nicht in Frage, da morgen der dritte Advent ist.

Ich starre auf die Uhr, vier Uhr, Zeit für noch einen Kaffee. Knarrend rücke ich meinen Stuhl nach hinten und schnappe mir meine Jacke, um an der nächsten Ecke einen weiteren Koffeinkick zu holen. Meinem Kollegen, der neben mir sitzt, gebe ich ein Zeichen, dass ich eben außer Haus bin. Die Luft draußen ist kalt und der Himmel hängt trüb über unseren Köpfen. Alles sieht weihnachtlich aus. Geschmückt mit roten Kugeln, buntem Lametta und kleinen klingelnden Glöckchen.

Nicht weit von hier haben wir vor fast einer Woche zwei Leichen gefunden, drapiert an einer Bushaltestelle, in den feierlichen Kleidern und mit Geschenken auf dem Schoß. Der Gedanke läuft mir kalt den Rücken runter. Ich muss diesen Psychopathen endlich erwischen.

Ich bestelle mir einen Kaffee und setze mich damit in den nahegelegenen Park, um noch ein bisschen frische Luft zu tanken. Die Luft lässt meine Kopfschmerzen verschwinden, aber meine Müdigkeit übermannt mich. Ich stehe auf, um dem entgegenzuwirken, aber mir wird schwummrig und ich falle zurück auf die Bank, bevor alles schwarz um mich herum wird. „So viele Nachtschichten sind nichts mehr für mich", schießt es mir als letzter Gedanke durch den Kopf.

Mein wummernder Schädel wird von einem schmerzhaften Brennen zwischen meinen Beinen abgelöst. Ich drücke meine Hand auf die Stelle und es wird nur schlimmer.

Der Raum ist dunkel und meine Augen gewöhnen sich nur langsam an die Dunkelheit. Meine Hand ist rußig und mit Blut verschmiert und so langsam dämmert es mir, wo ich mich befinde. An der Wand ziehe ich mich hoch und taste nach einer Tür. Sie ist schwer und kalt, aber geht auf. Im Flur brennt eine helle Neonröhre und ich nutze einen kurzen Moment, um die Wunde zu betrachten. Jemand hatte mit einem Eisen einen Engel in meinen Oberschenkel gebrannt.

Panisch blicke ich mich um, nach und nach öffne ich eine Tür nach der anderen. Sechs Räume, in zweien davon liegen bewusstlose Frauen, Weckversuche sind zwecklos. In einem anderen Raum stehen ein Kleiderschrank und ein Tisch, auf dem ein paar Geschenke liegen und mein Handy ... Ich renne darauf zu, greife es mir und wähle die Nummer meines Kollegen.

„Heb' ab, heb' ab, bitte...", dann klickt es im Hörer und mein Kollege antwortet.

„Hier ist Clara, bitte orte meinen Standpunkt und komm sofort hierher. Mit Verstärkung. Ich bin beim Adventskiller und so wie es aussieht, bin ich die Nächste."

Damit lege ich das Telefon beiseite und renne aus dem Raum - in die Arme eines großen Mannes, in den 30ern, schwarzes Haar, welches am Ansatz fettig ist. Panik läuft mir den Rücken runter und mein Puls rast wie verrückt, dabei muss ich doch nachdenken, kühl bleiben und einen Ausweg suchen.

„Dann fangen wir wohl mit dir an", er packt mich am Arm und zerrt mich hinter sich her. Doch das lasse ich nicht auf mir sitzen, ich wehre mich und kämpfe. Ich schaffe es, mich loszureißen, doch er ist schneller und verpasst mir ein blaues Auge.

„Sieh nur an, was du getan hast, du hast mein Kunstwerk zerstört!" Er ist so rasend, dass er mich an den Haaren in den Raum schleift, welchen ich nicht erkunden kann. Ein Bett steht darin und eine Regalreihe mit einem kleinen Tisch. Schneller als ich gucken kann, liege ich festgeschnürt auf der Liege. Ich kann mich keinen Zentimeter mehr bewegen und das Atmen ist nur schwer möglich.

„Du bist ein sehr ungezogenes Kind. Jetzt muss ich bei dir mehr arbeiten. Das bringt meinen ganzen Zeitplan durcheinander."

„Damit kommst du nicht durch. Mein Kollege sucht nach mir."

„Dafür wird es dann zu spät sein!" Er nimmt eine Spritze und zieht sie mit einer gelblichen Flüssigkeit auf: „Das ist meine eigene Rezeptur!" Er sticht mir die Nadel in den Arm und das ist das Letzte, woran ich mich erinnere.

Zwei Tage später wache ich auf, es dauerte eine Weile, bis ich mir über die letzten Ereignisse klar werde. Ich bin in einem Krankenhaus und mein Kollege sitzt neben mir. Er strahlt wie ein verdammtes Honigkuchenpferd.

„Wir haben ihn, die beiden anderen Frauen sind auf dem Weg der Besserung", sagt er zu mir, als er sieht, dass ich wach bin. „Dieses Jahr können wir also beruhigt Weihnachten feiern", antworte ich ihm.

„Ja, endlich heißt es wieder: Advent, Advent, ein Lichtlein brennt", ihm huscht ein erleichterndes Lachen übers Gesicht.

Schneefall

Karin Wehrs

Die Leichtigkeit
will ich von Dir lernen -
mich
f
a
l
l
e
n
zu lassen
und einfach zu sein.

Die Schönheit
bewundere ich an dir -
alles zu verzaubern
und umzuwandeln in einen Traum.

Die Vergänglichkeit
lerne ich bei dir -
Leben ist Wandel -
bringt Seligkeit und Vergehen.

Wenn „immer dasselbe" endet …

Rubinius Rabenrot

„Diese Weihnachten haben wir eine Reise gebucht."

„Ach?", entfuhr es Alfred und als das Wörtchen „Ach" noch nicht ganz ausgesprochen war, etwa zwischen c und h, war ihm seine Reaktion bereits peinlich. Adrian selbst vermied es, den Vater anzusehen. Seit Wochen betrübte ihn der Gedanke, den Papa zu Weihnachten allein zu lassen.

„Wir wollen Heiligabend und die Weihnachtsfeiertage in den Alpen verbringen."

„Ach, und wo …?"

„In den Bergen", antwortete der Sohn.

Da Alfred Adrians Krampf bemerkte, versuchte er, das Gespräch aufzulockern. „Skifahren?", fragte er.

„Ja, siehst du …", wollte Adrian gerade antworten, doch Alfred unterbrach ihn mit einer wegwischenden Handbewegung. „Adrian, ihr müsst nicht euer Leben einschränken, nur weil es einen alten Vater gibt", erklärte er und lächelte. „Das möchte ich nicht. War schwer genug mit Ernas Mutter, deiner Großmutter. Nicht mal zum Essen konnte man mehr ausgehen. Das will ich nicht. Aber sag', wo soll es hingehen?"

„Nach Südtirol …"

„Oh, wie schön. Wahrscheinlich liegt dort Schnee!", rief Alfred erfreut. „Skifahren! Recht habt ihr. Sowas haben deine Mutter und ich viel zu wenig gemacht."

Sie redeten und tranken Wein, bis es für Adrian an der Zeit war, aufzubrechen.

Als der Sohnemann gegangen war, räumte Alfred die Gläser in die Spülmaschine. Wieder war es ein gemütlicher Abend gewesen. Er freute sich, wenn der Sohn sich für ihn Zeit nahm. Das war keine Selbstverständlichkeit und dafür war er Adrian dankbar.

Am nächsten Morgen aber, als Alfred erwachte, hatte er doch Bedenken, Weihnachten allein zu verbringen. Es wäre das erste Mal, seit Erna von ihm gegangen war. Eigentlich, so fiel ihm jetzt auf, war er Weihnachten noch nie allein gewesen. Er wischte die Gedanken weg. „Was für ein kindisches Zeug!", rief er, ging in die Küche und brühte sich Kaffee auf.

Am Vormittag traf er seinen Kumpel Ewald. Alfred erzählte ihm von der Aussicht, Weihnachten allein zu verbringen. „Willkommen im Club", nickte Ewald. „Die ersten Jahre als Witwer war der Dezember der absolute Krampf. Ich wollte alles haben, wie es mit Leni war. Im Supermarkt kaufte ich Kartoffelsalat und Wiener Würstchen. Der Salat aus der Kühltruhe war eine gezuckerte Mayonnaisepampe und die Würstchen schmeckten wie ausgewrungene Socken." Ewald seufzte. „Ein Tipp mein Lieber: Besser ist, man verlebt Weihnachten, als wäre es ein Abend wie jeder andere. Pfefferminztee, Stulle mit Tagesschau und fertig." Alfred sah die Trauer in Ewalds Gesicht. „Ist nicht leicht, ein alter Sack zu sein", meinte Alfred und beide lachten gezwungen.

Nach dem Gespräch mit Ewald wuchsen Alfreds Bedenken bezüglich Weihnachten noch mehr an. Und als er in den nächsten Tagen mit Hedda, Heinrich, Günther, Horst und Winfried gesprochen hatte, war es mit der Ruhe ganz vorbei. Und das Krönchen setzte Wilhelm allem auf, als der erzählte, dass er sich Heiligabend genüsslich eine Flasche Korn und eine halbe Kiste Bier hinter die Binde gießen würde: „Dann haste die nächsten Tage keine Weihnachtsgefühle mehr", erzählte er lachend.

Alfred dachte nach ...

Was könnte man tun, um Weihnachten nicht allein verbringen zu müssen?

Und irgendwann Tage später, und nachdem er bereits eine handfeste Panik vor dem Alleinsein zu Weihnachten aufgebaut hatte, kam ihm morgens um drei eine Idee.

Nach dem Frühstück machte er sich auf den Weg in die Weser-Klause. Er bestellte sich ein kleines Bier, um sich den nötigen Mut anzutrinken.

„Sag' mal, Klaus", fragte er den Wirt, „Was machst du denn Weihnachten?" Klaus sah ihn mürrisch an.

„Da habe ich geschlossen. Man will ja Weihnachten feiern." Er lachte. Als Alfred in das Lachen nicht einstieg, sondern nickend vor sich in das halbleere Bierglas starrte, legte Klaus, der Wirt, das Geschirrtuch auf den Tresen und beugte sich vor. „Sag' mal, warum fragst du?"

„Naja, Weihnachten ist doch ...", fing er an und schilderte dem Wirt von seiner Idee, die Kneipe für all die Weihnachtsdesperados zu öffnen. Der Wirt der Weser-Klause war sofort Feuer und Flamme.

Seine Freunde hatte Alfred schnell im Boot. Hedda gestaltete an ihrem Computer einen Flyer und ein Plakat. Über eine Druckerei im Internet ließ sie Hunderte von Flyern und genügend Plakate drucken, um die Stadt damit zuzukleben. „So macht man das heute und keine Angst: Die Kosten übernehme ich!", sagte sie, um jeden Konter im Keim zu ersticken. Die Männer erzählten jedem vom Weihnachtsfest in der Klause. Die Flyer und Plakate wurden aufgehängt und Johann übernahm die Telefonhotline. Denn um eine Anmeldung wurde dringlich gebeten. Schließlich hatte die Klause nicht das Ausmaß des Münchner Hofbräuhauses.

Die Arbeit war schweißtreibend und bereitete viel Freude. Da der Platz für all die Anmeldungen nicht mehr ausreichte, wurde sogar ein Zelt angemietet! Kinder und Jugendliche boten sich an, die Klause und das Zelt zu dekorieren. Die Frauen der Stadt bereiteten Salate und Kuchen vor. Ohne die Hilfe all der Menschen wäre es niemals möglich gewesen, die schönste Party des Jahres steigen zu lassen.

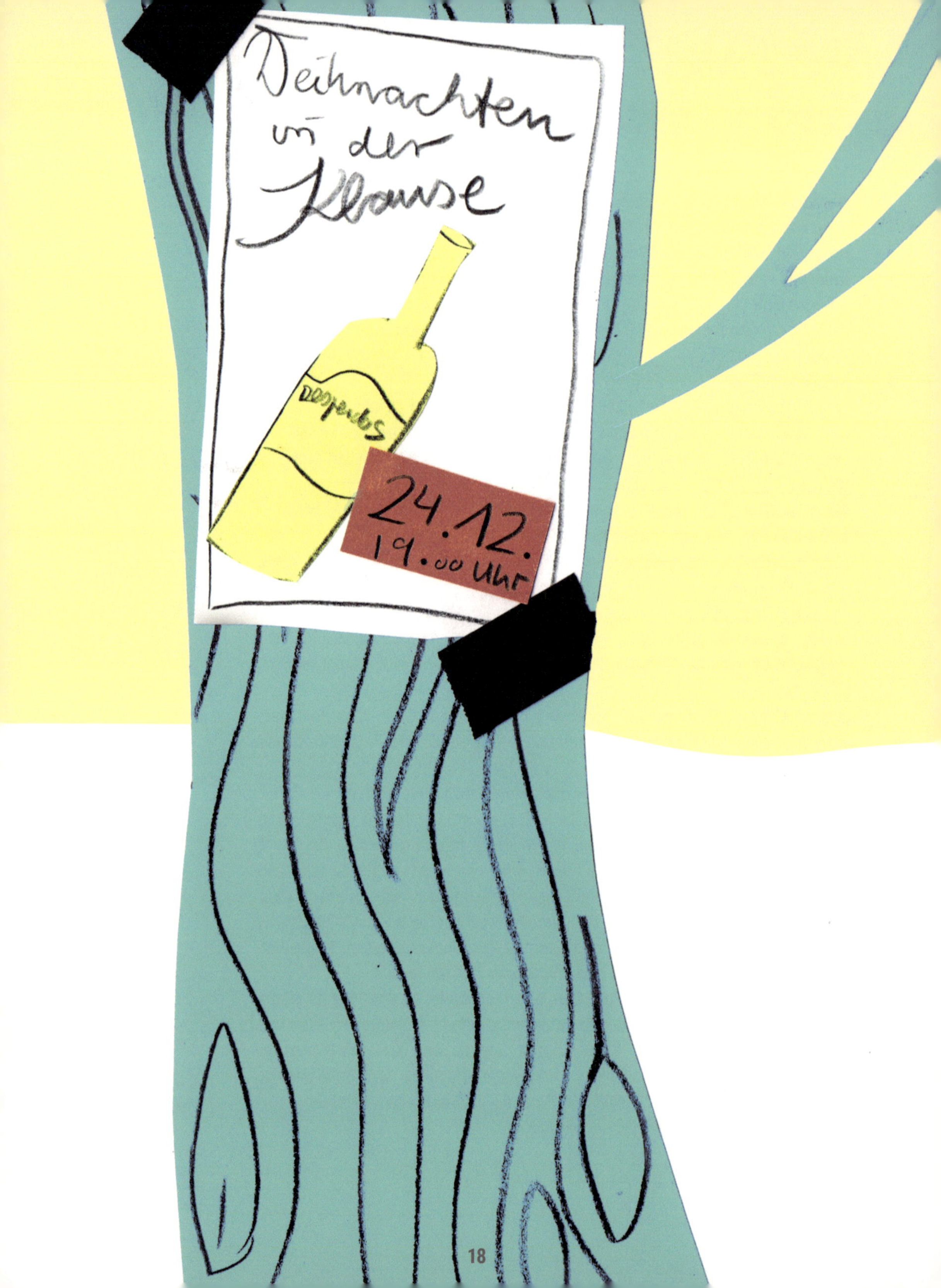
Weihnachten in der Klause
24.12.
19.00 Uhr

An Heiligabend waren die Weser-Klause und das angemietete Zelt zum Bersten voll. Selbst einsame Pärchen kamen in die Klause, um nicht allein vor der Glotze abzuhängen. Die Obdachlosen kamen an die Klause und wurden hereingebeten. Junge Menschen brachten ihre Mütter und Väter mit, um zu helfen. Sogar der Pastor kam vorbei und draußen vor der Tür der Klause parkten schließlich dutzende von Rollatoren ...

Mit seinem Smartphone knipste Alfred ein Bild der einzigartigen Weihnachtsfeier. Er fügte dem Bild ein „Frohe Weihnachten" hinzu und schickte die Nachricht an Adrian.

Erst morgens um vier konnte Klaus seine Kneipe schließen. Zufrieden. Nicht wegen der Einnahmen. Nein. Er freute sich, einen Ort bereitgestellt zu haben, der so viele Menschen an diesem Abend vereint hatte.

Jólakötturinn

Regina Rößner

„Ég heiti ekki Emmee, ég er jólakötturinn!", schrie die Katze, die bis eben friedlich auf Pias Schoß gelegen hatte, während diese mit ihren glitzernden Fingernägeln auf ihrem neuen Smartphone herumklackerte und Selfies von sich und ihrer Katze machte und ihren Freundinnen schickte, sprang auf, sträubte das Fell und versetzte Pia einen heftigen Schlag auf die Hand, die augenblicklich anfing zu bluten. „Aber Aimée ...!" Pia stellte erschrocken die Kakaotasse zur Seite, die Schlagsahne schwappte über ihren Arm und mischte sich mit dem Blut, das auf die Bettdecke tropfte. „Das ist nicht mein Name!", schrie die Katze, „Nenn' mich nicht so!", und zerrte wütend die kleine rote Weihnachtszipfelmütze von ihrem Kopf. „Emmmeee", die Katze spuckte den Namen verächtlich in die Länge ziehend aus, ihre Augen glühten und aus ihrem geöffneten Maul zischte ein eisiger Wind.

„Pia, was ist los?" Ihr Vater stand in der Tür. „Es ist Weihnachten und Du faulenzt den ganzen Tag auf dem Bett. Leg' Dein Handy zur Seite, lass' die Katze in Ruhe und komm' endlich runter!" In dem Moment sprang die Katze vom Bett und lief durch die geöffnete Zimmertür hinaus in den Flur und die Treppe hinunter. Die Stufen bebten unter ihren schnellen Schritten, die Bilderrahmen an der Wand schaukelten hin und her, und ein unheilvolles Dröhnen zog durch das Haus. Mit jedem Schritt wurde die Katze größer und mächtiger, das Fell rund um ihren Kopf wuchs zu einer gewaltigen Mähne heran, und ihr geringelter Schwanz wurde länger und peitschte gegen das Treppengeländer. Unten angekommen, raste sie durch das Wohnzimmer, vorbei an dem mit Strohsternen und roten Kugeln geschmückten Weihnachtsbaum, der bedenklich ins Wanken geriet, und kam wutschnaubend vor der Terrassentür zum Stehen. „Mach' auf!", fauchte sie. Speichel tropfte von ihren Schnurrhaaren, und Pias Mutter öffnete zitternd die Tür.

Draußen hatte starkes Schneegestöber eingesetzt und Pia und ihre Eltern standen am Fenster und blickten hinaus in den Garten, in dem der herabfallende Schnee die tiefen Pfotenabdrücke Aimées nach und nach bedeckte. Pia weinte und umklammerte ihr Smartphone mit den Fotos ihrer Katze mit der roten Weihnachtsmütze.

„Katzen sind sehr freiheitsliebend", murmelte der Vater, während er den Arm um seine Tochter legte, „man darf sie nicht einsperren und ihnen alberne Zipfelmützen aufsetzen. Aimée war eine Schiffskatze, vergiss das nicht, sie braucht ihre Freiheit. Lass' sie ziehen, wir kaufen Dir ein Meerschweinchen, okay?" Er lächelte gequält und die Aussicht auf ein Meerschweinchen löste bei Pia einen Heulkrampf aus. „Ich will kein Meerschweinchen, ich will meine Aimée wiederhaben!"

Eine halbe Stunde später saßen Vater und Tochter im Auto und fuhren zum Hafen. „Ich mach' das nur um des lieben Friedens willen, weil Weihnachten ist", bekräftigte der Vater mit genervter Stimme und hielt angestrengt Ausschau nach den Kränen im Hafen und einem geeigneten Parkplatz. Pia saß währenddessen auf dem Beifahrersitz und strich zärtlich über ihr Smartphone. „Aimée war so eine liebe Katze! Was war nur plötzlich in sie gefahren?", jammerte sie und fügte flüsternd hinzu: „Ich habe doch nichts getan."

Der Schnee war in Regen übergegangen und Vater und Tochter liefen durch das Hafengebiet, vorbei an riesigen Schiffen mit unzähligen weißen Containern, dort, wo sechs Monate zuvor ein kleines braungetigertes Kätzchen aufgefunden und ins Tierheim gebracht worden war. Das Abendblatt hatte darüber berichtet und Pia und ihre Aimée waren sogar mit einem Foto in die Zeitung gekommen. ‚Blinder Passagier findet Für-immer-Zuhause' war die Schlagzeile gewesen. „Na gut, kein Meerschweinchen, Pia, sondern eine Katze. Wir schauen nach den Feiertagen nach einer neuen Katze, einverstanden, Liebes? Die Tierheime sind nach Weihnachten voll davon. Die Leute verschenken Katzen und wollen sie anschließend nicht mehr haben", versuchte der Vater Pia aufzumuntern. „Bei uns war es genau umgekehrt", witzelte er. Pia bekam einen erneuten Heulkrampf.

„Wen suchen Sie hier?" Vater und Tochter drehten sich um und entdeckten einen alten Mann, der an der Kaimauer stand, auf das Wasser blickte und an einer Zigarette drehte. „Meine Tochter, sie hatte eine Katze, sie ist ausgebüxt und wir dachten, weil sie damals hier am Hafen …", stammelte der Vater, „Sie haben sie nicht zufällig gesehen? Sie ist getigert und groß, sehr groß. Heute Morgen …" Er blickte auf die Hand seiner Tochter und den blutgetränkten Verband. Der Mann reagierte nicht, sondern drehte weiterhin an seiner Zigarette und zupfte Tabakreste heraus. Der Regen wurde stärker und der Vater zog seine Tochter zu sich heran. „Lass' uns gehen, das hat keinen Zweck."

Die beiden hatten sich schon abgewandt, als der alte Mann murmelte, „Jaja, Jólakötturinn …". Der alte Mann fiel in ein heiseres Lachen und Pia lief auf ihn zu. „Jóla… was? Das hatte sie gesagt! Was bedeutet das?"

„Du hattest Besuch, Mädchen. Hohen Besuch. Von der Weihnachtskatze. Sie ist Isländerin und hat es auf Kinder abgesehen", erklärte der Mann, „auf faule Kinder", fügte er wissend lächelnd hinzu. – „Aber, ich …" – „Wie läuft´s in der Schule, hm? Im Unterricht nur mit diesem Smartgedöns rumgespielt, stimmt´s?", fragte er und wies mit dem Kinn auf Pias Glitzersmartphone. „Deern, Du hast Glück gehabt", stellte er mit einem Blick auf ihre verletzte Hand fest. „Andere werden von der Katze aufgefressen." - „Wo ist sie jetzt? Bringen Sie mich zu ihr?", fragte Pia. Der Mann zündete sich die Zigarette an, nahm einen Zug und blickte auf die Frachtschiffe im Hafen. „Jólakötturinn ist auf dem Weg nach Hause. Sie hat Heimweh nach ihrer Trollfamilie, zu Grýla und den 13 Weihnachtsmännern. Nichts und niemand kann sie aufhalten, schon gar nicht an Weihnachten. Schon gar nicht hier."

Pia blickte über das wolkenverhangene Hafengebiet und auf die Frachter am Horizont. Ein eiskalt fauchender Wind fegte von Nordwesten in die Stadt.

Pia nahm die Hand ihres Vaters. „Kein Meerschweinchen, Papa." –
„Okay, Montag fahren wir ins Tierheim."

Advent
Gustav Schendel

Advent, Advent, die Zeit, die rennt.
Wünsche stehen an,
die Frage ist, ob man es kann.
Die liebe Frau, es ist kein Scherz,
wünscht sich zu Weihnachten einen Nerz.
Der Sohnemann sagt: „OK,
ich wünsche mir einen BMW."
Die Tochter, wie kann es anders sein,
wünscht sich den langersehnten Führerschein.
Doch Papa zählt die Moneten dann,
er merkt, dass er es gar nicht kann.
Die Mama bekommt einen Mantel und eine Kette,
sowie einen Fahrradschlauch für ihre Mecke.
Der Sohnemann, dieser Schelm,
bekommt einen neuen Fahrradhelm.
Die Tochter erhält, nun gut,
einen großen Sommerhut.
Am Heiligabend, wie kann es anders sein,
sitzen alle am Tannenbaum im Kerzenschein,
sie singen das Lied STILLE NACHT,
in der Hoffnung, ein Engel über sie wacht.
Die Familie ist glücklich ohne Gezänke,
sowie ohne die erhofften Geschenke.
Gesundheit und Glück im Leben,
möge uns unser Schöpfer geben.
So wünschen wir uns in unserem Leben,
Gesundheit und Frieden auf Erden.
Ohne Krieg und ohne Hungersnot,
sowie unser täglich Brot.

Blackout
Sabine Reimers

22.12., 23.00 Uhr:
„Liebling", seufzt die Unvergleichliche, als sie erschöpft neben mir ins Bett sinkt, „niemals waren wir besser für die Feiertage aufgestellt als dieses Jahr!" Ich pflichte ihr bei und unterdrücke ein: „Sagst du jedes Jahr!" Genieße den Augenblick. Zehn Tage strategischer Kriegsführung gegen leere Vorratsräume, hungernde Gefriertruhen und staubige Böden scheint gewonnen. Der Einkauf von Geschenken unter einer logistischen Führung, die ein Großunternehmen für verderbliche Ware vor Neid erblassen ließe. Nein, Operation „Weihnachten" mit endlosen Notizzetteln, Besprechungen, Tränen, versöhnlichen Umarmungen und Kompromissen, die sogar Churchill zum rührseligen Schluchzen gebracht hätten, ist gelungen. Stille Nacht, wir sind bereit.

24.12., 10.00 Uhr:
Die Unvergleichliche frohlockt angesichts der Aussicht aus dem Fenster: Missmutige Nachbarsmänner kratzen ihre Autos aus dem strengen Frost. „Wie gut, dass WIR nicht noch in letzter Minute ‚Vergessene-Dinge-Einkaufen' müssen!" War das ein Lob? Das WIR aus dem Satz breitet sich wie ein Ölfilm auf dem Wasser aus und setzt sich auf meinen Schoß. Da kann es gut bleiben und ich lächle die Unvergleichliche siegesgewiss an. WIR haben alles, brauchen nichts und niemanden. Wie schön!

24.12., 17.34 Uhr:
Dunkelheit. Nicht die metaphorische ‚Dunkelheit bedeckte das Land, usw.' von der Kanzel, sondern richtig dunkel. Entsetzter Schrei der Unvergleichlichen von oben: „Mach das Licht wieder an!" Ich eile, eine brennende Kerze vom Adventskranz rupfend, zum Sicherungskasten, alles in Ordnung. Aber kein Strom. Lausche. Nichts. Gasheizung ist auch ausgefallen. Erstatte der Unvergleichlichen Report. Beschließen beide, vor dem Spiegel mystisch von Kerzen beleuchtet, dennoch zur Andacht zu gehen. Danach wird alles wieder gut sein.

24.12., 18.00 Uhr:
Pünktlicher Beginn der Auftaktveranstaltung des Heiligen Abends: Sitzen unter der Kanzel. Lieder singen, woher können die (Gemeinde, Unvergleichliche) die nur alle auswendig, wenn sie nur einmal im Jahr üben? Habe noch nie jemanden zu Ostern so inbrünstig singen hören, nehme mir aber vor, darauf zu achten. Fröhliche Weihnachten!

24.12., 19.15 Uhr

Zuhause. Immer noch kein Licht, mittlerweile ist's kalt. Beißend kalt. Machen den Kamin an, dafür hat man ihn ja. Sehnsüchtiger Blick auf den Christbaum, 800 LED-Lämpchen sollten da jetzt glitzern. Die Unvergleichliche seufzt und geht in die Küche. Zwei Minuten später ist sie wieder da. Ohne Strom kein Herd. Ohne Herd kein Hähnchen in Sahnesauce. Und keine Kroketten. Ich beginne, nervös zu werden. Rufe bei der Störungsstelle an. Besetzt. Schließlich Bedauern, auch auf ihrer Seite Ratlosigkeit. Gas auch weg, ja, man weiß Bescheid, kann's aber nicht ändern. Ja, auch frohe Weihnachten. Ohne Lichterkette, ohne Kroketten.

24.12., 20.30 Uhr

Es klopft. Nachbar Müller. Ja, auch bei uns ist der Strom weg. Ganzes Viertel, man sieht keinen einzigen Baum. Ja, dennoch schöne Weihnachten.

24.12., 20.50 Uhr

Es klopft wieder. Müller wieder. Aber diesmal mit Frau und drei Kindern, die mit roten Nasen dastehen. Ist auch wirklich kalt. Und wir haben den Kamin, sagt Müller. Ist ja Weihnachten, also kommt rein. Die Unvergleichliche bietet Kekse, Saft (kalt) und Sekt (sehr kalt) an. Die Kinder assimilieren die neue Umgebung erfreulich schnell. Die Kälte im oberen Stockwerk hindert sie allerdings daran, das Schlafzimmer in eine Höhle zu verwandeln, in der sie ‚Bären im Winterschlaf' spielen wollten.

24.12., 22.00 Uhr

Eines der Kinder liegt quer auf dem Sofa und nuckelt mit glasigen Augen an einem der Wildseidekissen, daher sitze ich mit der Unvergleichlichen auf dem Fliesenboden. Es klopft wieder. Grieselskys, die andere Nachbarseite. Kalt, ja, Strom weg, ja, Heizung auch, ja, Kamin, ja, dann kommt mal rein. Mehr Kekse, paar Schnittchen, mehr Sekt. Es wird eng, aber warm.

24.12., 22.40 Uhr

Wittekings von gegenüber klopfen. Haben die anderen Nachbarn eintreten sehen, wollten wissen, was los ist und warum sie nicht eingeladen wurden. Stelle klar, dass es im Prinzip nur um den Kamin geht und ja, sie dürfen gerne kommen.

24.12., 23.05 Uhr

Grieselsky stapelt Kaminholz auf der Terrasse und versichert der Unvergleichlichen, die einer Ohnmacht nahe ist, dass alles gut gehen wird. Seine Frau holt einen Topf, der verdächtig einer kleinen Zinkbadewanne ähnelt. Die Unvergleichliche fischt alles aus der langsam inkontinenten Gefriertruhe, was für eine Mahlzeit taugen mag - und in Wasser gekocht werden kann. Topf wird über das Feuer gehängt. Grieselsky strahlt, als habe er so was in den Zeiten von Mikrowelle und Einbauküche immer vermisst.

25.12., 00.30 Uhr
Weihnachtssuppe (Gemüse aller Art, Hähnchenstückchen, Kartoffeln, Kroketten) wird ausgeschenkt. Ich überschlage die Anzahl der Bedürftigen: Müllers (5), Grieselskys (4) und Wittekings (3), dazu die Unvergleichliche und ich. Habe kurz beim Wiedereintritt ins Wohnzimmer das Gefühl, ein Flüchtlingslager zu betreten ... Menschen aller Generationen haben Decken um, quetschen sich auf zu wenige Sitzmöbel, nehmen den Fußboden in Beschlag und essen undefinierbare Suppe.

25.12., 1.20 Uhr
Witteking holt seine Gitarre. Weihnachtslieder. Beim sechsten Mal ‚Stille Nacht' schlafen die meisten der Kinder ein! Auf dem Flur. Im Wohnzimmer war kein Platz mehr. Wir breiten Decken über sie und lassen die Tür auf. Kamin läuft auf Hochtouren.
Müller holt Bier und mehr Sekt aus seinem Haus. Man muss das Beste aus so einer Situation machen, außerdem platzen sonst die Flaschen.

25.12., 4.00 Uhr
Ich bin eingeschlafen, zusammengesunken auf einem Sessel, den ich mir mit der Unvergleichlichen und einem, ich glaube, Müller-Kind geteilt habe. Versuche, zur Toilette vorzudringen, und niemanden dabei zu verletzen. Hoffentlich gelingt es uns morgen bei Tageslicht, alle Kinder und Eltern wieder richtig zusammen zu puzzeln.

25.12., 6.00 Uhr
Wie der Stern in der Heiligen Nacht erstrahlt die olle Halogenlampe des Deckenstrahlers plötzlich auf. Im Keller wummert die Heizung. Ausfall ist vorbei. Die beleuchtete Szenerie: 14 Personen reiben sich die Augen, finden sich auf- und untereinander wieder, versuchen Gliedmaßen zuzuordnen, die die Suche nach Schlaf und Wärme verknotet haben. Christbaum leuchtet so hell, wie man es von 800 LEDs auch erwarten kann.

25.12., 9.00 Uhr
„Liebling", seufzt die Unvergleichliche, als sie erschöpft
nach den Bergungs- und Aufräumarbeiten neben mir
ins Bett sinkt, „niemals hatten wir einen schöneren
Heiligabend wie dieses Jahr!" Ich pflichte ihr bei,
nehme sie anerkennend in den Arm und unterdrücke ein „Sagst du jedes Jahr!", weil sie
Recht hat.

Diesmal wirklich.

Wo nicht gelaufen wird, kann Schnee  fallen ...

Jutta Kreitlow

Ich wickle den langen, roten Schal mehrmals um meinen Hals, stülpe mir die Wollmütze über und schlüpfe, während die Haustür hinter mir zufällt, in die molligen Handschuhe. Es ist früher Morgen, klirrende Kälte läßt mich erschaudern. Zügig mache ich mich auf den Weg zum Meer. So wie jeden Tag, bei jedem Wetter. Ein Morgenritual, auf das ich selten verzichte. Schon bald betrete ich den schmalen Holzsteg, der mich auf verschlungenen Wegen durch die Dünen führt. Über dem Watt geht die Sonne auf und läßt den leichten Dunst über der Dünenlandschaft zart rosa schimmern. Im Moos glitzert Rauhreif. Ein ziependes Rebhuhn flitzt über den Weg. Vögel, die sich zwischen Sanddornbüschen, Dünenrosen und winzigen knorrigen Eichen verstecken, zwitschern ihr Morgenlied.

Auf einer Anhöhe bleibe ich stehen und atme tief durch. Die Insel ist still. In der Ferne höre ich das ewige Rauschen des Meeres.

Es ist eine Woche vor Heiligabend. Schon bald werden Weihnachtsurlauber mit ihren ratternden Koffern durch die Straßen ziehen und Ferienwohnungen und Zimmer in Pensionen und Hotels belegen.

Mütter und Väter, die sich wünschen, anzukommen, und doch weit weg sind. Die sich nach sich selbst sehnen und dem Zwang der Pflichten nicht entkommen. Kinder, die ihrem Zuhause entrissen wurden und deren kleine Seelen sich im Neuen noch nicht zurechtfinden. Alleinreisende, die der Stille in ihren Räumen entfliehen. Junge Leute, die keine Lust auf Familienfeiern haben. Alte, die seit vielen Jahren hier Urlaub machen und nicht wissen, ob es vielleicht das letzte Mal sein wird.

Mit ihren bunten Pudelmützen werden sie am Strand wandern, sich gegen den rauhen Wind stemmen, bevor sie sich in gemütlichen Teestuben mit Pharisäer und heißem Tee aufwärmen. Sie werden die Insel füllen mit ihren Sehnsüchten, Hoffnungen, mit Schmerzen und Problemen, mit ihrer Vorfreude auf Weihnachten und den Jahreswechsel.

Plötzlich sehe ich Schneeflocken durch die Luft wirbeln. Es sind keine großen, schweren, nassen, sondern leichte, kleine, zarte. Ein Nordostwind bläst graue Wolken vom Meer über die Insel, das Watt, zum Festland.

Ich erinnere mich an eine handgeschriebene Widmung eines Buchgeschenks, das ich vor einiger Zeit erhalten habe. „Wo nicht gelaufen wird, kann Schnee fallen …". Oft habe ich darüber nachgedacht, der Satz hat mich verwirrt. Er erschien mir wie ein japanischer Koan, dessen Sinn sich nicht durch reine Logik erfassen läßt.

Ich laufe weiter die Dünen hoch und runter, hinterlasse Stiefelabdrücke in der dünnen Schneeschicht, und erreiche schließlich eine Aussichtsplattform, von der man zum Meer und über die Insel schauen kann. Eine Möwe segelt kreischend im Schneetreiben. Es ist Ebbe, der Sandstrand hat diese unendliche Weite, die mich immer wieder in ihren Bann zieht. Die mir das Gefühl gibt, daß sie auch mich weitet, befreit, von allem Engen, Bedrückenden.

Eine Zeitlang bleibe ich dort stehen, beobachte die rieselnden Schneeflocken, bin einfach nur, atme einfach nur, bis die Kälte durch meine dicke Kleidung kriecht und ich zu zittern beginne. Trotzdem fühle ich mich gestärkt, freue mich auf den Tag. Ich wende den Blick vom Meer ab und zurück auf den Holzsteg. Meine Fußspuren sind kaum noch zu erkennen, von neuem frischen Schnee bedeckt.

„Wo nicht gelaufen wird, kann Schnee fallen …". Ist es das? Das Innehalten, das Neues entstehen läßt? Neue Gedanken, Einsichten, neue Kraft, ein neuer Weg?

Langsam gehe ich zurück. Jetzt denke ich nicht an die Scharen von fremden Touristen, die meine kleine Insel belagern werden. Ich denke an neue Begegnungen, interessante Gespräche, die die übliche Tristesse grauer Wintertage durchbrechen. An Lachen und Herzlichkeit. Ich denke an Heiligabend, die alte Inselkirche, in der der Geruch des Uralten und Heiligen in der Luft liegt, an flackernde Kerzen auf hohen Tannenbäumen und in den Fenstern, an das Ertönen der Orgel und die Menschen, die, wenn im Außen alles zum Stillstand kommt, sich vielleicht berühren lassen, erinnern, an das, was tief in ihnen verborgen ist.

An das Zarte, Zerbrechliche und scheinbar Vergängliche. Wie Schneeflocken, von denen jede einzigartig ist.*

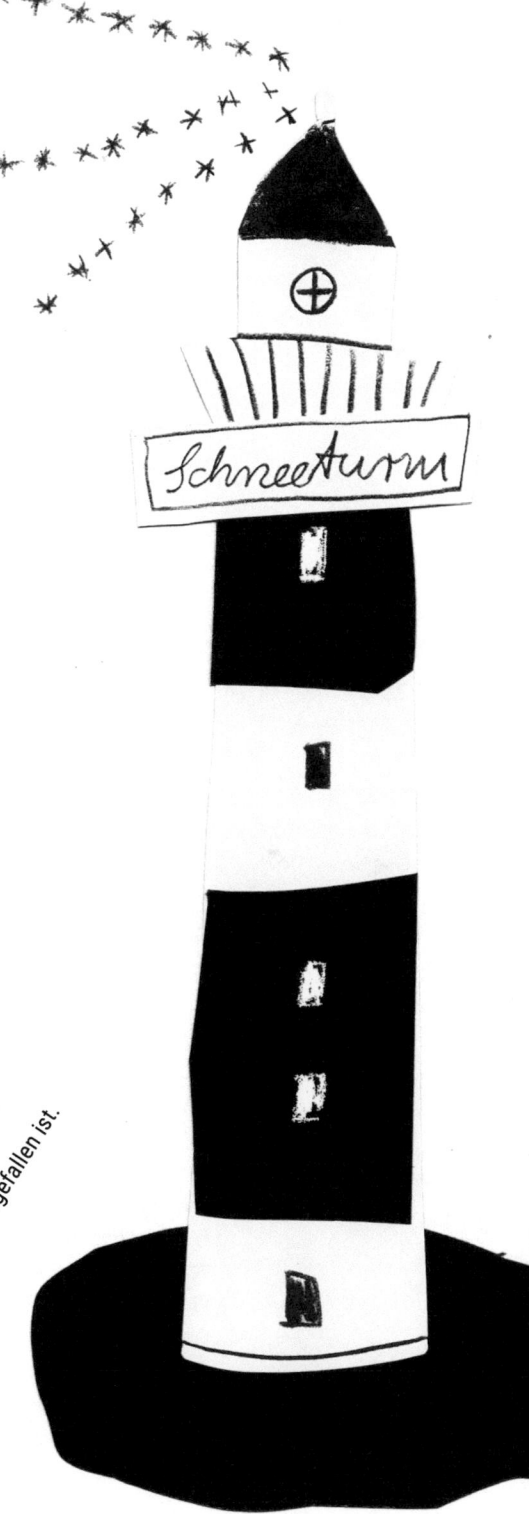

* Und jede vom Himmel gefallen ist.

Weihnachten wie früher

Moniii

Dieser Zauber von Weihnachten … Plätzchenduft und aufgeregtes Warten auf die Bescherung. Die Familie gemeinsam an einem Tisch, fröhliches Geplapper von allen Seiten. Ein Gefühl von Wärme und Freude breitet sich während des Essens aus. Oma Hannah hat immer die kleine goldene Glocke geläutet, wenn es endlich soweit war. Sie war sehr lieb und herzlich, ihr fröhliches Lachen ansteckend.

„Jetzt gib doch endlich mal die Soße rüber und guck' nicht so blöd Löcher in die Luft."

Brutal werde ich durch die schrille Stimme von Oma Margot in die Realität zurückgeholt. Gewohnt vorwurfsvoll schaut sie mich an, ihre Augen wirken durch die hässliche Brille riesengroß.

„Bitteschön, Margot", antworte ich und reiche ihr die gewünschte Soße. Sie hasst ihren Namen, daher betone ich ihn noch extra. Eigentlich möchte sie nur ‚Margo' genannt werden, das würde nicht so alt klingen. Hallo? Wie albern ist das denn? Sie ist alt. Und boshaft.

Mein Versuch, etwas zu essen, scheitert wie so oft kläglich. Nun ja, den Rotkohl werde ich heute sowieso nicht anrühren.

Onkel Heinrich, dessen feistes Gesicht von Schweiß bedeckt ist, streckt seinen Arm nach der Platte mit den Gänsekeulen aus. Sein Hemd ist schon seit Beginn des Essens bedeckt mit Rotkohlflecken. Wie jedes Jahr essen die beiden gleich zu Beginn Unmengen davon. Habe mir zur Feier des Tages besonders viel Mühe gegeben, ihn schmackhaft zuzubereiten. „Lasst es euch schmecken", denke ich.

„Mensch, nun gib mir doch mal die Platte, Herrgott noch mal. Sitz' nicht so 'rum. Immer dasselbe mit dir", meckert Heinrich. Oma Margot keift mich an: „Was soll denn der Unsinn mit der neuen Frisur? Neumodischer Kram."

Die Gemeinheiten prallen heute an mir ab. Meine Echthaarperücke scheint wirklich echt zu wirken. War auch teuer genug. Aber eine Investition für die Zukunft.

Wortlos schiebe ich Heinrich die Platte zu, gierig packt er sich gleich drei Keulen auf seinen Teller. Währenddessen nagt Margot schmatzend an einem knusprigen Flügel, dabei zieht sie immer die Nase kraus, so dass die Brille schief hochrutscht. Ihre schlecht sitzende Zahnprothese wird es auch nicht mehr lange machen. Mir vergeht der Appetit.

Warum lasse ich mir das seit 15 Jahren gefallen? Seit dem Tod meiner

Eltern füttere ich die beiden jeden Heiligabend durch. Ein Dankeschön habe ich noch nie bekommen. Warum denn auch?

Es sei ja schließlich selbstverständlich, seine Oma und den Onkel einzuladen. So die Aussage von Oma Margot. Auch zu anderen Gelegenheiten mischen sie sich dauernd in mein Leben ein. Früher wollten sie nie mit uns Weihnachten feiern, war ihnen alles zu primitiv. In deren Augen musste alles einen bestimmten Ablauf haben.

Oma Margot, noch nie ein freundliches Wort für mich, immer bissig und herrisch. An allem und jedem etwas auszusetzen. Mit Vorliebe an mir. Ich kann mich nicht erinnern, sie jemals lächeln gesehen zu haben. Böse bleibt halt böse.

Onkel Heinrich, ihr Sohn, cholerisch und beleidigend in seiner Art, der mir permanent vorhält, mein Job im Bürgerbüro sei genau so langweilig wie ich. Personalausweise ausstellen und Dokumente stempeln sei doch nichts Besonderes.

Ach Heinrich, wenn Du wüsstest, wie nützlich mir dieser Job schon bald sein wird …

Meine Gedanken schweifen ab. Der Brief von Oma Hannah. Ihre Frage, ob wir nicht endlich mal wieder gemeinsam Weihnachten feiern wollen. So wie früher. Sie vermisst mich. Und zum Schluss ihre Bitte, doch einmal nach ihrem uralten Gartenhäuschen zu sehen.

Außer mir weiß niemand, wo sie lebt. Sie wollte es so. Einen Neuanfang hat sie es genannt. Ihre Entscheidung hat sie nie bereut. Sie hat es damals genau richtig gemacht: Koffer gepackt und ab in den Süden. Für immer. Mir fehlte bisher der Mut. Sie hat mich schon so oft gefragt.

Allmählich dringen das Schmatzen von Oma Margot und die dröhnende Stimme von Onkel Heinrich wieder unangenehm zu mir durch. Aufmerksam sehe ich mir beide ganz genau an. Ziemlich lange sogar.

Das Kauen und Schlucken fällt Margot zusehends schwerer. Ihr Versuch, die Gabel zum Mund zu führen, misslingt.

Ihre Hand kann die Gabel nicht mehr halten. Hat auch schon genug gegessen, sollte reichen.

Onkel Heinrich scheint sich auch nicht sonderlich gut zu fühlen. Seine Stimme versagt, er versucht, den obersten Knopf am Hemdkragen zu öffnen, jedoch erfolglos. Scheint etwas kurzatmig zu werden, der Arme.

Langsam stehe ich auf und gehe zur Tür, kein Ton ist zu hören. Angenehme Stille. Ich schaue noch einmal zurück. Heinrich ist seitlich vom Stuhl zu Boden gekippt, der Oberkörper von Margot nach vorne gefallen, ihr Gesicht im Essen.

Es sollte wohl so sein, dass ich in Oma Hannahs altem Gartenhäuschen diese Flasche gefunden habe. Der Aufdruck mit dem Totenkopf an der Seite war kaum noch zu erkennen.

Allmählich kommt eine gewisse Euphorie in mir auf. Mein Blick fällt zur Wand auf die Zeitschaltuhr. Die nächsten zwei Wochen werden das Licht, die Weihnachtsbeleuchtung und die Jalousien zu unterschiedlichen Zeiten gesteuert, so werden die Nachbarn nicht misstrauisch. Auch, wenn die mich noch nie richtig wahrgenommen haben, ich gehe auf Nummer sicher.

Meine Handtasche steht griffbereit auf der Kommode, mit einer Hand hole ich eine kleine Plastikkarte raus. Ganz ruhig betrachte ich meinen nagelneuen Personalausweis. Sieht gut aus. Für das Foto habe ich mir extra diese tolle Perücke gekauft. An den neuen Namen werde ich mich sehr schnell gewöhnen, Oma Hannah auch. Mein Flugticket, nur Hinflug, sicher in der Innentasche meines Mantels.

Gestern Abend habe ich alles Nötige gepackt. Eine kleine Tasche reicht für den Start in ein neues Leben. Ganz obenauf liegt die kleine, goldene Glocke. In einigen Stunden sehe ich meine geliebte Hannah wieder. Und wie damals wird es nach Plätzchen duften. Ein längst vergessenes Gefühl von Wärme und Freude erfüllt mich. Mit fast 40 Jahren wird es auch für mich einen Neuanfang geben. Die Vorfreude darauf lässt mich lächeln und befreit aufatmen. Oma Hannah, ich komme. Endlich wieder Weihnachten wie früher.

Ein Hauch von Zimt

Ursel Meyer

„So, das sollte es also gewesen sein." Dieser Gedanke schoss ihr schlecht gelaunt durch den Kopf, als sie an einem ziemlich trüben Montagmorgen im Dezember aus dem Fenster schaute und einen bereits recht kalten Kaffee in ihrer Hand hielt. Schuld an dem Zustand ihres Kaffees und an dem ihrer Laune war natürlich nicht sie – nein, wahrlich nicht! Schuld war ihr ziemlich gut gelaunter Noch-Ehemann, der mit einer wahrscheinlich ebenso gut gelaunten, wie gut gebauten Mittdreißigerin im Flieger Richtung Seychellen unterwegs war. Gestern hatte er sie einfach vor vollendete Tatsachen gestellt und sich danach sofort aus dem Staub gemacht. Wie typisch! Aber immerhin hat er ihr die gemeinsame Wohnung überlassen – immerhin!

Sie war jetzt 60 Jahre alt, hatte eine, im Nachhinein betrachtet, doch recht farblose Ehe geführt, hatte die zwei – mittlerweile erwachsenen – Töchter großgezogen und sich hingebungsvoll als Großmutter eingesetzt. Und jetzt das! Na gut, dann bin ich ihn eben los. Er war eh nur wie ein drittes Kind – alles musste ich ihm hinterher räumen und … ja was und? Ein Schluchzen kam aus ihrer Mitte und kroch langsam, aber zielstrebig in ihr hoch. „Nein, ich reiße mich jetzt zusammen, ich bin stark und tapfer." „Schluchz" – da war es doch noch aus ihr rausgekommen.

Tränen drängten sich durch Kanäle, ergossen sich über ihr noch ungeschminktes Gesicht und machten aus dem eh schon trüben Wetter eine verschwommene Landschaft. Was für ein Elend! Zwei Stunden und etliche vollgeheulte Taschentücher später fasste sie einen Plan. Zum einen wollte sie nicht in Selbstmitleid zerfließen – das war nicht so ihr Ding –, und zum anderen wäre jetzt etwas Aktionismus wahrscheinlich ziemlich gut gegen eventuell doch noch aufkommendes Selbstmitleid – sicher ist sicher. So kam sie auf den Gedanken, zunächst die Wohnung auszumisten. Seine neue Adresse hatte er ihr freundlicher- (oder feindlicher-?)weise noch mitgeteilt. Dort wollte sie all seine Sachen vor die Haustür stellen – seine Kleidung schön ordentlich gebügelt und in Wäschekörben. Ordnung muss sein! Nur sollte es dabei keine Zeugen geben, und so begab sie sich nachts, klammheimlich mit einem recht vollen Kofferraum, auf die zweistündige Fahrt zu seiner neuen Adresse. Erstaunt stellte sie fest, dass es ihr eine gewisse Freude und Genugtuung bereitete – allein der Gedanke, dass er erst nach zwei Wochen wieder zurückkehren und eine mit seinem Hab und Gut vollgestellte Haustür vorfinden würde – eventuell leicht verstreut im Vorgarten. Vielleicht würde sie da ein wenig nachhelfen?! Grinsend, mit zaghaft aufkeimenden Rachegefühlen, fuhr sie die nächtlichen Straßen entlang.

Bis Weihnachten waren es nur noch zwei Wochen. Sollte sie da nicht eher großzügig denken und dankbar sein für das, was sie hatte? Respektive für das, was ihr noch geblieben ist? So ein Quatsch! In absoluter Rage drückte sie gleichzeitig auf die Hupe und die Bremse und legte eine Vollbremsung hin. Sie riss die Tür auf und

WALTER, 69

sprang aus dem Auto. Ein langer Schrei voller Zorn und Verzweiflung löste sich aus ihr. Breitbeinig und mit nach unten gestreckten Armen – die Hände zu Fäusten geballt –, stand sie mitten auf der Straße, nur von den Scheinwerfern ihres Autos beleuchtet, und ließ die lange aufgestauten Gefühle einfach durch sich hindurch fließen – in den schwarzen Nachthimmel hinein. Dann ... Stille. Sie atmete tief ein und aus. Die klare Nachtluft tat ihr gut. Der plötzlich einsetzende Regen fühlte sich gut auf ihrem Gesicht an. Nach und nach nahm sie die Umgebung wieder wahr. „Was mach ich hier eigentlich? Bin ich sein Wäschebringdienst? Nein, sicher nicht!" So kam es, dass die schön ordentlich gebügelte und in Wäschekörben verstaute Kleidung ihres Noch-Ehemannes am nächsten Morgen in der Kleiderkammer eines sozialen Kaufhauses landete und sie noch vor Weihnachten eine Kontaktanzeige aufgab. Aufgeben war nicht so ihre Sache. Und an Weihnachten allein zu sein schon gar nicht!

An einem leicht aufgehellten Samstag, eine knappe Woche später, saß sie aufgeregt mit schweißnassen Händen und sich wie ein Teenager fühlend einem recht grauen Walter in ihrem Lieblingscafé gegenüber. Walter war 69, geschieden (seit zehn Jahren) und rührte geräuschvoll in seiner Kaffeetasse. Das tat er jetzt schon seit gut fünf Minuten. Hin und wieder räusperte er sich und scheiterte kläglich an dem Versuch, eine lockere Kommunikation aufzubauen. Sie ließ ihn zappeln und betrachtete seine Erscheinung. „Ach nee, doch nicht", war ihr Fazit und ihre Aufregung war wie weggewischt. Nur nicht der Schweiß auf Walters Stirn. Er wollte sich gerade ein Herz nehmen und sie nach einem Wiedersehen fragen, da kam sie ihm zuvor und beendete das Treffen. Enttäuscht schlich Walter von dannen.

Sie lehnte sich sichtlich erleichtert zurück und begann, sich mit dem Gedanken anzufreunden, an Weihnachten doch allein zu bleiben. Lächelnd genoss sie ihren Kaffee mit einem Hauch von Zimt und spürte die Sonnenstrahlen, die sich wie wärmende Hände durch das Fenster hindurch wohlig und gut auf ihren bloßen Armen anfühlten. Dieser Samstag verwandelte sich gerade von „leicht aufgehellt" zu „strahlendem Sonnenschein", da riss sie plötzlich eine sanfte, wohlklingende Stimme aus ihren Gedanken: „Entschuldigung, ist hier noch frei?" Mit einem breiten Lächeln und keine Antwort abwartend, setzte er sich ihr gegenüber an den Tisch. Immer noch lächelnd schaute er ihr direkt in die Augen. Jetzt wäre ein guter Zeitpunkt, um „Verzeihung – eigentlich wollte ich hier gerne alleine sitzen" zu sagen und ihn des Tisches zu verweisen. Dazu kam sie jedoch nicht, da er im nächsten Moment zwei Kaffee für sie beide bestellte. Irgendetwas an ihm hielt sie zurück, jetzt einfach aufzustehen und ihn dort sitzen zu lassen. Und dann platzte ein Satz aus ihr heraus, den sie bis an ihr Lebensende nicht bereuen würde: „Haben Sie an Weihnachten schon etwas vor?"

Der beschwipste Weihnachtsbaum

Maren Thalmann

Nach einer wahren Geschichte aus dem Jahr 1978.

Bei uns war es jedes Jahr so üblich, dass der Weihnachtsbaum erst einen Tag vor Heiligabend aufgestellt und geschmückt wird.
So auch am 23. Dezember 1978.
Unser Vati war für diese verantwortungsvolle Aufgabe zuständig.
Dieser Weihnachtsbaum wollte aber nicht einfach so aufgestellt werden, wie es sich der Vati so vorgestellt hatte.
Zunächst passte er mit seinem dicken Stamm schon mal gar nicht in den dafür vorgesehenen Ständer.
Vati sägte Stück für Stück ab und der Baum wurde immer kleiner. Zumindest passte er dann schon mal in den Ständer! Da das also endlich geklappt hatte, gab es erstmal zur Belohnung ein Bierchen.
Dann kam die nächste Hürde. Der widerspenstige Baum steckte zwar in dem Ständer, kippte aber immer wieder um. Da musste Onkel Adolf aus der Nachbarschaft zur Hilfe kommen. Zur Begrüßung aber wurde erst mal ein Bierchen getrunken, .. oder zwei, .. oder drei.
Dann ging es ran an die Arbeit! Doch der Baum torkelte schon ähnlich wie Onkel Adolf und Vati.
Somit wurde ein Nagel in die Decke geschlagen und der Baum wurde an der Spitze mit einem Bindfaden an der Decke befestigt. „Hurra! Der Baum steht!" Da konnte man ja erstmal zusammen ein Bierchen trinken, .. oder zwei, .. oder drei.
Zack, der Baum fiel wieder um! Vati und Onkel Adolf verloren auch immer mehr ihre Standfestigkeit.
Aber sie hatten dennoch eine Lösung. Dem torkelnden Weihnachtsbaum wurden nun auch noch ein paar Äste entfernt und zusätzlich haben die beiden Männer den Baum auch noch mit einem Faden an der Heizung befestigt. „Juhuuu! Nun steht der Baum!" Da konnte man ja dann noch ein Bierchen trinken, ... oder zwei, ... oder drei.

Danach waren die beiden jedoch nicht mehr in der Lage, den Ständer mit Wasser zu füllen, geschweige denn, den Baum zu schmücken. Onkel Adolf torkelte nach Hause und Vati ins Bett.

Wir schmückten dann mit Mutti den fixierten, amputierten Baum, so gut es ging. Es kam ordentlich Lametta rüber. Damit konnte man einige Fehlstellungen des Baumes überdecken.

Am frühen Morgen des Heiligen Abends hörte ich, noch im Bett liegend, plötzlich ein knallendes Geräusch und ordentlich Geplätscher. War das wohl schon der Weihnachtsmann?!

Ich rannte in die Stube und sah die schöne Bescherung.

Der beschwipste Weihnachtsbaum war doch wieder zu Fall gekommen!
Der ganze Teppich war voller Wasser und Lametta!
Mutti heulte erstmal und Vati hatte einen dicken Kopf.
Am Abend stand der Baum zwar wieder brav da, sah aber genauso verknittert aus wie unser Vati.
Was für eine schöne Bescherung!

TANNENZÄPFLE

Für jedes Bier wird ein Tannenbaum gepflanzt.

Vermissen

Sarah Truschel

Ich war nie für die Weihnachtszeit.
Mir war sie immer zu stressig und dieses
„Wir haben uns alle lieb"-Getue!
Aber manchmal ändert man seine Meinung und das
geschah, als meine kleine Tochter geboren wurde.
Mein kleiner Engel ist jetzt vier Jahre alt. Es ist
schön, sie dabei zu beobachten, wie nervös und
voller Vorfreude sie ist. Mein Mann kümmert sich
rührend um die Kleine. Es ist der 24. Dezember,
mein Mann zieht ihr das schicke blaue Kleid an,
das ich ihr im Sommer gekauft habe. Sie machen
sich auf den Weg zur Kirche. Mein kleiner Schatz
hat eine Blume in der Hand.
Sie gehen nicht in die Kirche, sondern gehen auf
den Friedhof. Die beiden besuchen mich. Ich ver-
misse euch. Leider kann ich euch nicht zeigen,
dass es mir gut geht.
Weine nicht, mein Schatz.
Ich werde euch von oben beschützen.
Jeder Windhauch, der euch berührt, bin ich,
die an euch denkt.

Weihnachten fällt jetzt aus!

Sebastian Barteleit

Ein Freitagabend wie viele zuvor. Nach einer harten Woche in der Bar auf das Wochenende anstoßen. Über der Bar flimmerte der Fernseher, wahlweise mit Live-Sport oder Nachrichten. Soeben rannte eine Horde blaugekleideter Männer gegen eine ebenso große Horde gelbgekleideter, und irgendwo in dem Gewusel war ein Lederei, das sie jeweils über die Außenlinie der gegnerischen Mannschaft bringen wollten.

Ich seufzte innerlich, Rugby war ja so gar nicht meins. „Noch ein Bier", signalisierte ich dem Barkeeper, als neben mir ein strenger Geruch wahrnehmbar wurde. Ich blickte zur Seite und sah einen alten Mann mit langem weißen Bart, der in merkwürdige rote Klamotten gehüllt war. Der brauchte wohl dringend eine Dusche und ein weiteres Bier, da er vor einem leeren Glas saß.

Ich weiß nicht warum, aber ich spendierte ihm eines und nach kurzer Zeit stand vor uns beiden ein neues gefülltes Glas.

„Danke", die Stimme des Alten war sehr tief und wohltönend. Es tat gut, sie zu hören.

„Gerne, Sie sahen so aus, als bräuchten Sie einen Drink. Schweren Tag gehabt?"

„Tag ...", der Alte lachte bitter auf, „bitteres Jahr und bittere Zukunft würde es wohl besser treffen."

„Was ist passiert?"

„Ich wurde dieses Jahr obdach- und arbeitslos, obwohl eigentlich in unkündbarer Anstellung. Nur aufgrund einer doofen Konstruktion hing der Job an dem Wohnort und der ist jetzt weg."

Braunkohletagebau, der seine Heimat verschwinden ließ? So richtig konnte ich mir keinen Reim auf den Alten machen.

„Sorry, das versteh ich nicht so recht. Was ist denn passiert?"

„Ich befürchte, Sie werden mir kaum ein Wort glauben", brummte er. „Aber als Dank für das Bier versuch' ich es mal."

„Ich komme gebürtig aus der jetzigen Türkei, war dort mal Bischof, hohes Tier in der Kirche, bis mich dann irgendwann so ein paar amerikanische Werbefuzzis eines Softdrink-Herstellers an den Nordpol verfrachteten und mich für die Kommerzialisierung des Weihnachtsfests benutzten. Also lebte ich bis diesen Sommer am Nordpol, alles bestens, woran aber keiner gedacht hatte: der Nordpol besteht an der Oberfläche nur aus gefrorenem Wasser. Hätten die mich doch damals an den Südpol verfrachtet, da ist wenigstens fester Fels."

Er verstummte und starrte auf seine dreckigen Finger.

„Nun, die Kommerzialisierung der Welt führte faktisch zur Erderwärmung, ach was – Erderhitzung; das war für viele Jahre auch kaum ein Problem. Klar, in den letzten Jahren fuhr ich Weihnachten im T-Shirt los, und Rudolph bekam langsam auch richtig Probleme mit der Wärme. Rentiere mögen es ja nun eher richtig kalt, ich hingegen fahre im Urlaub auch gern in wärmere Gefilde. Aber ich schweife ab – also Erderwärmung: die führte nun just dieses Jahr dazu, dass im Sommer der arktische Ozean faktisch eisfrei wurde. Genau vor einem Monat war das. Zum Glück war ich gerade im Sommerurlaub in meiner Heimat - Raki trinken, gefüllte Weinblätter und Imam bayildi essen. Mir ging es so gut, bis ich die Nachrichten von daheim erhielt: Rudolph ertrunken, ebenso fast alle Zwerge, das Haus, die bereits gepackten Geschenke – wir müssen ja das ganze Jahr packen – alles ein Opfer des offenen Meeres."

Er nahm einen tiefen Schluck und schaute mich dann offen an. „Und was halten Sie von der Geschichte?"

„Eigentlich glaube ich ja nicht an den Weihnachtsmann, aber wenn er so leibhaftig vor mir sitzt …", versuchte ich zu witzeln.

„Sie brauchen nichts zu sagen, es klingt doch einfach zu unglaubwürdig, ich würde mir selbst ja auch nicht glauben. Nochmal besten Dank für das Bier." Mit diesen Worten stand er auf und verschwand. Ich schüttelte den Kopf und orderte einen Whisky – ich brauchte doch etwas Stärkeres.

Es war etwa drei Monate nach diesem Freitag, ich war wieder in der Bar und nippte an meinem Bier. Im Fernsehen liefen gerade die Nachrichten, als ich plötzlich innehielt. Auf dem Bild erschien der wunderliche Alte, der mir die Geschichte vom Weihnachtsmann erzählt hatte. Unter dem Bild lief ein Textband: WER DIESEN MANN KENNT, BITTE BEI DER POLIZEI MELDEN. Oh, war das vielleicht ein verkappter Terrorist?

Ich beschloss, nach dem nächsten Bier mal die Polizei anzurufen.

Gesagt, getan, womit ich nicht gerechnet hatte: innerhalb von zehn Minuten stand eine Hundertschaft schwerbewaffneter Polizisten in der Bar, um mich abzuholen.

„Wenn Sie kooperieren, wird Ihnen nichts geschehen." Der Chef der Hundertschaft machte einen auf guter Kumpel.

„Dann erzählen Sie doch mal, was Sie über den Vogel wissen." Er zeigte mir wieder das Bild des Alten. Ich berichtete wahrheitsgemäß von unserem Treffen. Im Laufe des Berichts versteinerten sich seine Gesichtszüge.

„Das ist gar nicht gut, gar nicht gut! Wir müssen Sie leider mitnehmen."

„Mitnehmen, warum, was habe ich denn getan?"

„Sie waren nur zur falschen Zeit am falschen Ort, fürchte ich. Ich verurteile Sie hiermit zu lebenslanger Sicherheitsverwahrung in einer Shopping Mall Ihrer Wahl. Aber keine Sorge, Sie bekommen ‚All you can drink Cola' für den Rest des Lebens. Und ein paar andere Annehmlichkeiten werden sich sicher auch finden."

Ich hob an, um zu protestieren: seit wann konnte ein Polizeibeamter ein Urteil fällen?! Wir lebten doch in einem Rechtsstaat. Aber er ließ mich nicht zu Wort kommen.

„Sorry, niemand darf je erfahren, dass der Kapitalismus Weihnachten zerstört hat."

Se töövt up Wiehnachten

Renate Dopieralski

Frieda sitt an Fenster un kiekt na buten. De Himmel farvt sik root, dat süht ut, as brennen de Wulken. Kiek ins, wat is de Himmel so root, dat sünd de lüttjen Engel, de backt dat Broot, de backt den Wiehnachtsmann sien Stuten, för all de lüttjen Leckersnuten,.....fallt ehr een Gedicht in, dat se fröher, von ehre Mudder lehrt harr. Ehre Mudder un Vader wöörn nu all lang doot.

So määnig maal harr se ehrn Kinnern düssen lüttjen Riemel vörseggt un so veel Spaaß dorbi hatt. Se stünnen denn, mit hoochroden Backen, bi ehr in de Köök un backen Kekse. Dat wöör domaals een Lachen un Singen. An annern Dag, verswünnen se ok maal in ehre Kinnerstuven un se möß buten blieven. Se hör denn, dat se ganz lies tohopen tuscheln un af un to kööm een von de Göörn ansuust. „Mama, wo is de Kliester un de grote Scheer. Tweern un Nadeln bruukt wi ok noch." „Ik heff ganz vergeten, di to seggen, dat wi morrn een Wichtelpäckchen mit na School bringen schöölt." So wöör jümmer veel to bedenken un denn dat Huus, dat schöll ja ok noch blitzblank ween. So vergüng de Tiet, bet Wiehnachten, veel to flink. Avends wöör se oft so mööd, dat se in ehrn Schaukelstohl inslööp.

As ehre Kinner groot wöörn, güng ehr Swiegerdochter na´e Arbeit un se pass up ehre Enkelkinner up. Un wedder füng allns von vörn an. Kiek ins, wat is de Himmel so root, dat sünd de lüttjen Engel, de backt dat Broot....... Se wöör eenige Johre öller woorn un allns güng ehr nich mehr so licht von de Hand. Aver jümmer wöör se good stellt un avends könn se de Enkelkinner wedder afgeven. Denn slööp se glieks in ehrn Schaukelstohl in un haal sik de Kraft, de se för den nächsten Dag bruuk.

Erinnerungen! Jümmer wedder torügg denken! Jedeen Dag!

Un nu sitt se hier, in Oolenhuus, in ehrn Schaukelstohl. Ehre Hänne wöörn fröher ruug, von de veelen Arbeit ween. Nu sünd se schier. Frieda hett nu Tiet. Veel Tiet, meist to veel Tiet.

Keeneen von ehre Kinner oder Enkel kaamt to Besöök. Ehre Dochter wahnt blots an de drüttig Kilometer weg. „Dat is doch mit´n Auto keen wieder Weg, wenigstens roopt se noch jedeen Week an", grüvelt de oole Froo. „Von mien Söhn, de Swiegerdochter un de Enkel hör ik gor nix mehr. Se harrn blots segg, as se vör lange Tiet maal da wöörn, „wi hefft goor keen Tiet, wi hefft so veel to doon. Dat versteihst du doch? Nich Mudder?"

Nu sitt Frieda hier alleen un kann sik jümmer blots an fröher erinnern. Se nimmt een Stück Schokolad. De harr ehr de fründliche Froo, von den Besööksdeenst, von de Kerk, schenkt. Se denkt an de Stünn, an de se maal ehr Hart utschüdden könnt harr. De Froo hör ehr to un vertell, wat in de Welt passeert wöör. Buten vör dat Oolenhuus. Ehr harr Frieda dat Bild, von de Kinner un Enkelkinner, wiest un vertellt, dat ehr Söhn nu in Rente gahn wöör. „Se hefft in ehrn Huus een lüttjet Zimmer un eene lüttje Badestuuv boet."

Un nu sitt se, wi jedeen Dag, in ehrn Schaukelstohl an Fenster. „Viellicht kaamt ja,

to Wiehnachten, miene Kinner un besöökt mi oder mien Söhn haalt mi för jümmer na Huus, ik geev dat Höpen nich up." Een lüchten lett ehre Ogen strahlen, un een lächeln tütt över ehr faltiget Gesicht.

Das Treffen

Andreas L. Gelbhaar

Da war noch eine Rechnung offen!

Zugegeben, diese „Sache" lag schon etwas zurück. Doch noch immer rumorte und gärte es in ihm. Es gab natürlich Zeiten, da gelang es ihm ganz gut, diese „Sache" (so nannte er es gelegentlich insgeheim, um durch diesen neutralen Terminus etwas Dampf aus dem Kessel zu nehmen), wenn nicht zu vergessen, so doch wenigstens relativ ruhig zu durchdenken. Er gewährte den anderen dann gedankliche Entschuldigungen, sprach zu sich selbst von den Befindlichkeiten der anderen und auch von den schweren Zeiten damals, gewiss. In dieser Verfassung also, wenn er beruhigt und entspannt war, gelang es ihm ganz gut, mit dieser „Sache" umzugehen und nur noch wenig Groll zu den anderen zu hegen. Und dann gab es natürlich auch diese anderen Stunden, diese, wo er vor Wut und Zorn fast platzte. Wenn diese Stunden (die durchaus auch mal Tage und Wochen andauern konnten) mit einer immensen Wucht hereinbrachen, dann bebte und zitterte er am ganzen Leib. Wehe, ihm kam dann jemand in die Quere! Und wenn dieser jemand dann vielleicht auch noch mit irgendeinem banalen Wunsch an ihn herantrat, dann …! Dann …! Nein, er wollte nicht als nachtragend gelten, mitnichten! Jeder ist nur ein Mensch, mit Fehl und Tadel, keiner ist vollkommen, und wenn nur aufrichtige Reue vorhanden ist und eine glaubhafte Entschuldigung ausgesprochen wird, dann: Schwamm drüber! Doch es gibt eben auch Dinge, die verzeiht man nicht so schnell. Wie sagte dieser Nietzsche schon ganz richtig: Man vergibt seinen Freunden viel schwerer als seinen Feinden!

Und dies war der springende Punkt! Es war nicht irgendjemand, der ihm dieses angetan hatte. Wäre es ein Dahergelaufener, irgendein Fremder, oder ja, einer seiner Feinde (und von denen hatte er genug) gewesen, dann hätte er diese „Sache" schon längst vergessen oder hätte eben mit gleicher Münze heimgezahlt. Basta! So aber lag das alles anders. Es war einer seiner Liebsten, einer aus ihrer Mitte, der diese „Sache" getan hatte und deswegen konnte er es nie ganz vergessen. Und das Sprichwort, dass Zeit alle Wunden heile, griff hier eben nicht.

Er hatte geglaubt, sie alle zu kennen, in- und auswendig. Sie waren ein verschworener Haufen gewesen, völlig unterschiedlicher Charaktere zwar, aber unzertrennlich. Was hatten sie in ihrer gemeinsamen Zeit nicht alles gemacht und durchgestanden. Wenn man, so wie sie, durch dick und dünn gegangen war, dann wog solch ein Verrat doppelt schwer. Gerade in der Anfangszeit ihres gemeinsamen Weges, als sie nächtelang zusammen gesessen und geredet hatten, war dieses Wir-Gefühl entstanden. Und keinesfalls ging es immer um bierernste Themen. Es war durchaus auch vorgekommen, dass sie sich gegenseitig Geschichten und Geschichtchen aus ihrer Vergangenheit erzählten und dabei still vor sich hin lächelten oder gar in schallendes Gelächter ausbrachen. Manchmal kam es unter ihnen zu einem regelrechten Wettstreit, wer wohl jetzt die lustigste Anekdote zum Besten gab.

Eigentlich, so dachte er, war dies die schönste und leichteste Zeit gewesen. Später war eine gewisse Schwere in ihre Gespräche eingezogen. Ihr Haufen war auch angewachsen, was vielleicht keine unwesentliche Rolle gespielt haben dürfte. Klar, dass man da nicht immer einer Meinung sein konnte. Da wurde auch schon mal hitzig diskutiert. Vor allem, wenn es um die fundamentalen Dinge ging - wie seht ihr die Welt, was erwartet ihr vom Leben, ist Menschlichkeit noch zeitgemäß - ging es ans Eingemachte! Da offenbarten sich schnell die unterschiedlichen Gemüter und in manch turbulenter Nacht wurde ihre Freundschaft auf eine harte Probe gestellt und es passierte mehr als ein Mal, dass er um deren Ende fürchtete. Er bemühte sich dann immer um den Ausgleich, um den Konsens. Wahrscheinlich ist so auch zu verstehen, dass er ungefragt in die Rolle des Mediators gedrängt wurde. Dabei wollte er nur, dass die Freunde sich ihrer Empathie bewusst wurden, die sie alle zweifelsfrei im Herzen trugen. „Lasst uns im Kleinen leben, was wir uns für das Große wünschen", pflegte er dann immer zu sagen. Meistens half das schon und der Streit und Zwist war vergessen. Gelegentlich kamen einige von ihnen dann noch einmal einzeln zu ihm, um den einen oder anderen Rat zu holen, wie sie mit diesem oder jenem umgehen sollten. Und auch da hatte er immer eine Antwort parat oder gab den entscheidenden Tipp. Nur so ist zu verstehen, dass man in ihm den „Anführer" dieser Clique sah. Aber nicht nur die Freunde selbst nahmen dies so wahr, nein, auch für Außenstehende musste es so erscheinen. Egal, wo sie auftauchten, immer schritt er vorneweg und die Freunde gruppierten sich hinter ihm ein. Er munterte sie dann immer auf, dies zu unterlassen. Was denn die Leute denken sollten, sagte er dann und oft sprach er auch diesen Philosophen Camus aus: „Geh' nicht vor mir! Ich werde dir nicht folgen. Geh' nicht hinter mir! Ich werde dich nicht führen. Geh' einfach neben mir und sei mein Freund." Doch es half nur wenig. Kein Wunder, dass alle Welt in ihm den Kopf der Truppe vermutete. Wenn man es bei Lichte besah, war dieser Verrat also gar nicht nötig! Wozu das Ganze dann!? War es doch gekränkte Eitelkeit eines Einzelnen? Oder schwelte da unterschwellig ein Konflikt und er hatte es nicht bemerkt? Oder war es vielleicht ganz banal Wichtigtuerei? Am meisten grübelte er jedoch darüber nach, ob er Schuld auf sich geladen hatte! Konnte es sein, dass er das Samenkorn gelegt hatte, aus dem dann dieser Verrat spross? Genau diese Frage beschäftigte ihn jahrelang und hielt ihn davon ab, nicht schon viel früher ein Treffen der alten Freunde zu arrangieren, um darüber zu sprechen. Wie oft stand er schon davor, die anderen zu informieren und hatte es dann doch nicht getan. Feige … Mutlos … Ja, mag sein. Aber wer blickt der Wahrheit schon gern ins Auge, vor allem, wenn sie schmerzt. Doch nun konnte er nicht mehr. Er wollte es wissen! Wer hatte damals den Verrat begangen und welche Beweggründe hatte dieser Jemand?

In Kürze hatte er Geburtstag - wieder einmal, diese ewige Feierei. Nichts hasste er mehr als das. Ein richtiger Hype war mittlerweile darum ja entstanden! Am liebsten würde er wegfahren, um diesem ganzen Rummel zu entgehen - nur, wohin?!
Doch dieses Jahr wollte er seinen Geburtstag wenigstens sinnvoll nutzen und die alten Gefährten einladen. Aussprechen sollten sie sich und er hoffte, so den Verräter unter ihnen ausfindig zu machen. Denn dass dieser J. es gewesen war, hielt er für unwahrscheinlich. Auch wenn sich dieser kurz darauf durch Selbsttötung sehr verdächtigt gemacht hatte. Dafür lagen die Gründe wohl woanders. Die Ewigkeit war ihm dadurch jedenfalls versagt geblieben, dummes Ding, das Alles!

Er, Herr Susej, würde ein kleines Abendmahl ausrichten. Alles genau wie damals - die gleiche Sitzordnung, etwas Brot, guten Wein und dann wollte er doch mal sehen, bei wem sich als erstes die Zunge lockerte. Durch kleine Scherze wollte er sie in Sicherheit wägen, um dann die alles entscheidende Frage zu stellen: Wer beging den Verrat!? Dieses Getuschel zwischen diesem J. und diesem P. hatte er damals durchaus bemerkt. Übrigens eine sehr gute Darstellung dieses da Vinci, das musste er neidlos anerkennen. Und so würde er jeden der Anwesenden bei dieser Frage fest in die Augen sehen. Es wäre doch gelacht, wenn er den Schuldigen nicht herausfinden würde. Ja, so sollte es geschehen.

Morgen würden die Einladungskarten raus gehen.

Ein eisiger Windstoß ließ mich verlangsamen und erneut das Blut in meinen Ohren gefrieren. Es wunderte mich ein wenig, dass der Windstoß mich so erzittern ließ, denn mein Körper war vermutlich nur noch ein einziger Eisklotz und ich hätte nicht erwartet, noch größere Kälte empfinden zu können. Lange hielt ich das nicht mehr aus, ich hatte schon seit Stunden Probleme damit, einen Fuß vor den anderen zu setzen, da ich immer wieder in dem knietiefen Schnee versank. Diese Kälte quälte mich und es gab kein Entrinnen.

Ich sollte einfach aufgeben, mich fallen lassen und nie wieder aufstehen, so wie ich es immer tat. Doch nun trieb mich irgendwas voran. Ich hatte das Gefühl, kurz vor dem zu sein, nachdem ich mich schon immer sehnte, obwohl ich selbst nicht wusste, was dies war.

Mit schützendem Arm vor meinem Gesicht versuchte ich, mich voran zu arbeiten und den Blick heben zu können, statt ihn die gesamte Zeit auf den Boden zu richten. Und vor mir sah ich sie. Die Erlösung. Eine junge Frau, deren Haut heller war als der Schnee zu meinen Füßen. Mit langem, aschblonden Haar, welches ihr bleiches Gesicht geschmeidig umschmeichelte. Zudem trug sie lediglich ein weißes Kleid und schien nicht zu frieren.

Es ging eine Macht von ihr aus, welche mir sagte, dass ich hier mein Ziel finden würde.

„Ich habe dich bereits erwartet", hauchte sie, und trotz des heulenden Windes vernahm ich ihre klare Stimme deutlich. Obwohl ich diese Person noch nie zuvor gesehen hatte, kannte ich sie. Alles an ihr schien mir so vertraut, als würde ich sie mein gesamtes Leben lang kennen. Als hätte ich

mein gesamtes Leben nur auf sie gewartet.

Ich kam vor ihr an und fiel auf die Knie. Um sie herum war alles ruhig, als würde der Schneesturm gar nicht existieren. Ihre Hand umfasste mein Kinn und zwang mich, zu ihr herauf zu sehen. Obwohl mein Körper komplett betäubt war, spürte ich, dass von ihr eine Kälte ausging. Die Kälte ausging. Sie oder besser gesagt „es" war der Sturm selbst.

„Dein Leiden wird nun ein Ende finden", sprach es zu mir herab. Es war einfach das Schönste, das ich je gesehen hatte. Trotz ihrer Kälte wurde mir innerlich warm und die Umgebung schien sich zu verändern. Ich nahm die Farben um mich herum intensiver wahr und alles schien zu erblühen.

Sie zog mich zu sich herauf.

„Was bist du?", wisperte ich ehrfürchtig.

„Ich bin du." Es drückte mir einen Kuss auf die Stirn und nun wurde mir alles klar. Diese Kälte ging weder von ihr aus, noch hatte sie einen natürlichen Ursprung. Dies war mein eigenes Werk. Mein eigener ewiger Winter.

Er war eine Art Illusion, mehr eine Vision meiner selbst. Mein Schmerz und meine Sorgen, welche sich in Kälte umgewandelt hatten und verzweifelt einen Weg nach außen suchten.

„Komm mit, Junge", hauchte sie nun und zog mich mit sich. Hinaus aus meinem Sturm selbstgemachter Sorgen, entgegen eines grellen Lichtes, das uns komplett einhüllte und nie wieder los ließ. Es war alles so rein und nichts schien einen mehr bedrücken zu können.

Atze feiert Weihnachten

Anja Dammeier

An Heiligabend werde ich in die Kneipe gehen. Nachmittags, als die Dämmerung eingesetzt hat, mache ich mich auf den Weg. Von Weitem sehe ich meine Kumpels auf dem Bürgersteig stehen: Die Hände in den Jackentaschen, die Schultern fröstelnd hochgezogen, diskutierend, mit den Füßen hin und her scharrend.

Nachdem die Tür geöffnet worden ist, stürmen wir lachend und johlend rein. Leo hat seine olle Pinte mit Tannengrün aus Plastik und grellbunten Kugeln aufgehübscht. Auf den Tischen liegen rote Papierservietten, auf denen sogar Kerzen und – Überraschung! – auch Aschenbecher stehen. Hurra! Es darf also drinnen gequalmt werden. Denn heute beginnt Weihnachten und Leo will uns eine Freude machen.

Ich nehme meinen Stammplatz am Tresen ein und beginne genüsslich mit der Vernichtung von viel Bier und Schnäpsen. Aus dem Flachbildschirm oben in der Ecke schauen mich blonde, dickbusige Frauen, gepresst in bunte Dirndlkleider, an. Aus ihren runden, geschminkten Mündern ertönen Lieder, die hier erstens keiner hören will und zweitens niemand hören kann, denn der Geräuschpegel ist enorm. Die Stimmung ist ausgelassen, die Kumpels haben einiges zu erzählen und klopfen sich dabei gegenseitig bekräftigend auf die Schultern. Mit steigendem Alkoholpegel werden die Geschichten abenteuerlicher. Aber – denn es ist ja Heiligabend – auch manchmal trauriger.

Zu später Stunde gibt Leo noch eine fettige Bulette aus.

Tief in der Nacht stratzele ich nach Hause. Im Fernsehen schaue ich mir den „Stirb langsam 2" mit Bruce Willis an. Das ist Kult an Weihnachten. Also, ich versuche es jedenfalls, aber ich schlafe irgendwann ein.

Am 1. Weihnachtstag komme ich erst nachmittags in die Gänge.

Die Bulette hat sich zwischenzeitlich hochkant in meinem Magen aufgestellt und möchte wieder zurück ans Tageslicht. Das Telefon klingelt, ich nehme ab, und es schallt statt des erwarteten „Frohe Weihnachten, mein Lieber" ein „Na, du Knalltüte, bist du schon wieder nüchtern?" durch die Leitung. Ich presse die Bulette mit samt der Worte, die ich der Dame am anderen Ende eigentlich gerne sagen würde, geräuschvoll wieder runter.

Bevor mich nochmals ein Telefongespräch erreichen kann und jemand versucht, in meiner Gefühlswelt herum zu pfuschen, packe ich ein paar Flaschen Rotwein und eine Tüte Lebkuchenherzen in eine Plastiktüte und besuche meinen Kumpel im Erdgeschoss. Wir trinken den Rotwein aus Biergläsern, palavern, daddeln am Computer und wenn uns langweilig wird, bewerfen wir seine bräsige Katze mit den Lebkuchenherzen. In der Mikrowelle machen wir uns Hamburger warm, den Resthunger trinken wir weg.

Am 2. Feiertag schleiche ich am Flurspiegel vorbei. Ein mir bekanntes Gesicht ermahnt mich, nun auch mal Körperpflege zu betreiben, denn schließlich sind wir heute noch an Weihnachten. Ich nehme ein ausgiebiges Wannenbad, bis meine Haut schrumpelig ist. Anschließend rauche ich gemütlich eine Zigarette auf dem Balkon. Aus der Wohnung gegenüber blickt mir eine hübsche Bilderbuchszene entgegen: Eine Frau wandert mit einem kleinen Kind auf dem Arm um den bunt geschmückten Weihnachtsbaum, dessen Licht auch noch die nächsten Tage zu mir rüber leuchten wird. Müde lege ich mich auf mein Sofa, stelle den Fernseher an und gönne mir ein klitzekleines Bierchen.

Und nun raten Sie mal, was ich nächstes Jahr an Weihnachten mache?

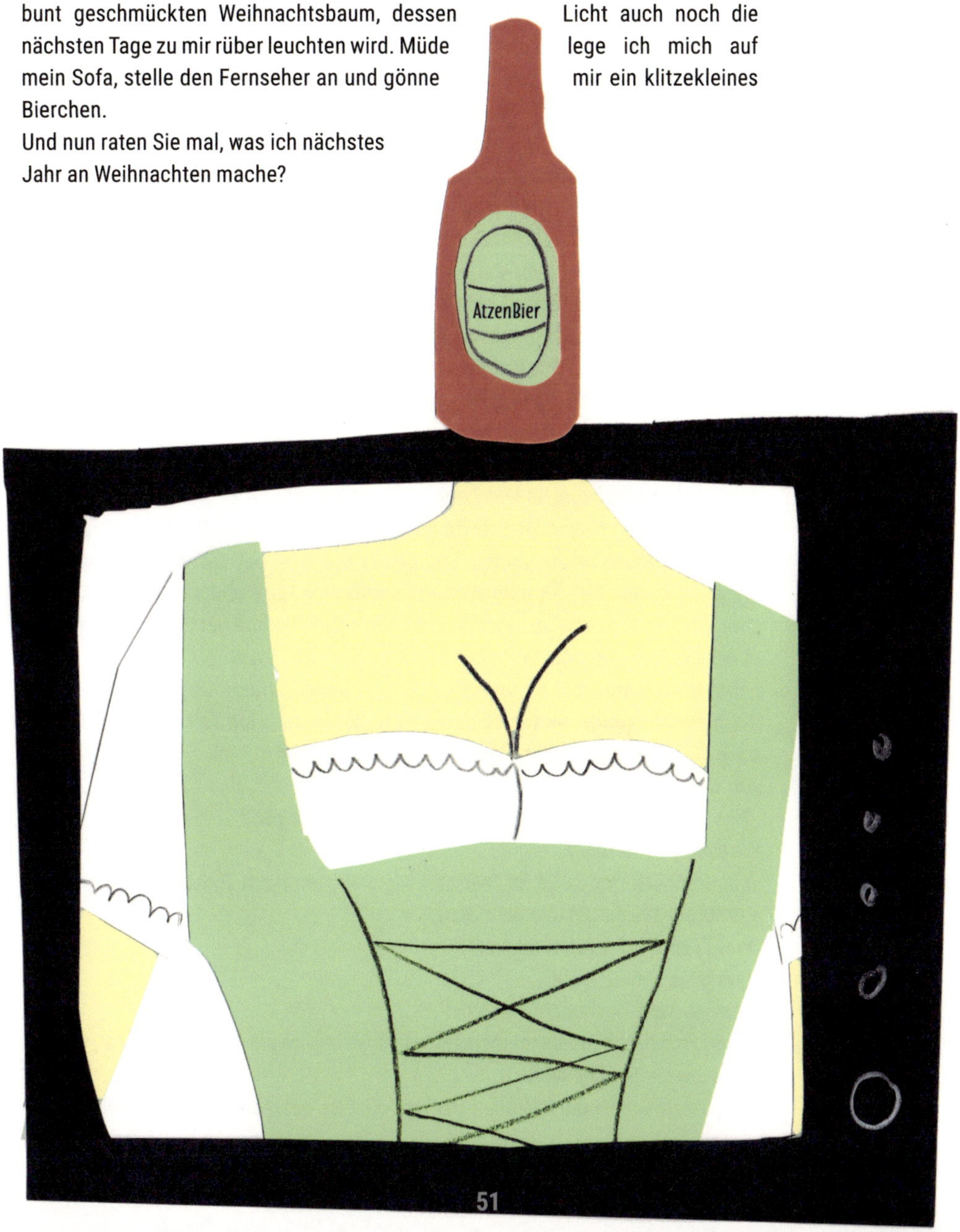

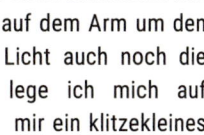

51

Was Weihnachten mit Alkohol zu tun hat oder wie ein

Melanie Christine Schlämann

„Ich schmeiß' hier alles hin, ich hab' keinen Bock mehr", gröhlte Santa.

Mrs. Santa war mit dem Osterhasen durchgebrannt und Santa hatte sein Faible für Sherry wiederentdeckt.

Es war der 24. Dezember und die letzten Vorbereitungen waren im Gange. Geschenke, die noch in letzter Sekunde fertiggestellt worden waren, wurden in den großen Paketesack gesteckt. Der Sack, der nur funktionierte, weil er nicht ganz den Gesetzen der Pysik gehorchte (er war ein kleiner Rebell), war nicht größer als ein normaler Sack, aber er fasste die Geschenke für die gesamten Kinder der Erde. Vicky hatte den neuen Job als Wichtel angenommen. Er war einst ein Wikinger gewesen, aber, auf Grund seiner schüchternen Art, damit irgendwie nicht glücklich geworden. Seit 1200 Jahren schlug er sich also mit Nebenjobs durch. Alle mussten sie magischer Natur sein, sonst wäre er auch schon eine Weile nicht mehr am Leben. Lange Zeit hatte er die Zahnfee unterstützt, fand dies aber leicht ironisch, da er als Wikinger früher viele Leute um ihre Zähne erleichtert hatte, und fühlte sich damit deswegen auch nicht ganz wohl. Den Sandmann hatte er mit feinstem Saharasand beliefert. Das war ein recht gemütlicher Job, zumal er den Sand per Schiff liefern konnte, und damit kannte er sich durch die Wikinger etwas aus. Wenigstens dafür war die Zeit gut gewesen.

Mit Erfindung der Flugzeuge wurde das Sandlieferantendasein allerdings auch nicht mehr so rentabel. In den Zwergenminen war es ihm zu dunkel, und nachdem Schneewittchen sieben Männer für einen verlassen hatte, hatte er die Stelle beim Weihnachtsmann angenommen. Und dieser war jetzt betrunken und wütend und damit die Sorte Chef, die man auch nicht sofort ins Herz schloss.

„Der Weihnachtsmann ist eigentlich ein guter Typ", meinte der Elf Tinky, der Vicky in der Geschenkeproduktionsabteilung eingearbeitet hatte.

„Aber Mrs. Santa hatte es schwer mit ihm. Er hatte Burnout. Und seien wir ehrlich: die größten Erfolge seiner Karriere liegen hinter ihm. Ich will nicht verteidigen, dass sie ihn verlassen hat, aber ich kann es verstehen."

„Oh weh", rief ein weiterer Elf.

„Was ist?", riefen die anderen und scharrten sich in typischer Wichtelmanier sofort um den Verzweifelten.

„Das Rentierfutter ... Es ist leer und wir brauchen doch Proviant", jammerte er, woraufhin alle durcheinander riefen.

„Was? Das Rentierfutter ist leer?"

„Das ist ja schrecklich!"

„Aber es kann doch nicht leer sein!"

„Angeblich hat der Weihnachtsmann einen Geheimvorrat für solche Fälle", murmelte einer unheilvoll.

„Der Osterhase ist ein Betrüger. Der legt die Eier gar nicht selber", schallte es aggressiv aus Santas Büro.

„Also ich frage ihn nicht", zog sich ein Elf sofort aus der Affäre und alle anderen taten es ihm gleich, indem sie sich kleiner machten oder etwas zurückgingen.

Vicky überlegte gerade, wie erholsam der Schlaf war und wie entspannt die Kollegen, als er noch Sand ausgeliefert hatte. Dabei versäumte er es, sich zu ducken.

„Sehr mutig", lobte ihn der Elf, der für das Futter zuständig war. Vicky verstand zu spät, dass er lieber aufmerksam hätte sein sollen, und wurde in Richtung Büro geschoben. Gut gemeinte Ratschläge wurden ihm noch zugerufen.

„Sag' niemals, dass er sich beruhigen soll, das macht es nur noch schlimmer."

„Erwähne nicht den Alkohol."

„Tu' so, als wäre alles normal."

Einer der Elfen schubste Vicky, sodass er ins Büro fiel.

Der Weihnachtsmann war so überrascht, dass er für einen Moment vergaß, wütend zu sein. „Wer bist denn du?", lallte er. „Ich bin der Neue", stammelte Vicky. „Wir hatten vor zwei Wochen das Bewerbungsgespräch."

„Ach ja, der von der magischen Zeitarbeitsfirma. Wo kamst du nochmal her?"

„Norwegen, Herr", nuschelte Vicky.

„Soso, ein Wikinger. Das waren noch Zeiten ... Damals wollten die Kinder noch schöne Äxte und Schwerter. Heute tragen die Kinder ihre Kämpfe per Nintendo aus. Traurige Zeiten." Vicky schwieg vorsichtshalber, weil er komplett anderer Meinung war. Der Weihnachtsmann deutete das Schweigen jedoch als Zustimmung und beschloss, in ihm einen Freund zu sehen.

„Auch einen?", fragte er kumpelhaft und zeigte auf den Sherry.

„Nicht bei der Arbeit", gehorchte Vicky der Stimme der Vernunft.

„Was bist denn du für ein Wikinger?", fragte Santa in einem Ton, der Vicky zu verstehen gab, dass er das Glas, das Santa gerade befüllte, nicht ablehnen sollte.

Drei Gläser und wenige Minuten später waren Santa und Vicky an einem Punkt, dass sie Brüderschaft tranken und ‚Oh Tannenbaum' zum Besten gaben. Zwar nicht die selben Strophen, aber das störte keinen der beiden.

„Sag' mal, Santa ...", erinnerte sich Vicky plötzlich an seinen Auftrag.

Schließlich kam Vicky aus dem Büro des Chefs getorkelt.

„Du solltest Futter holen und laufen, anstatt den Chef unter den Tisch zu saufen", entrüstete sich ein Elf. Zu seinem Leidwesen waren auch alle anderen Elfen echauffiert, weswegen keiner über den Reim lachte.

Vicky hob abwehrend die Hände.

„Er hat die Notration im Souvenirshop versteckt", verkündete er.

„Was für ein seltsamer Ort für Futter", gab ein Elf zu.

Vicky zuckte die Schultern: „Santa hat nur gesagt, was verstecken angeht, ist er genauso gut wie der Osterhase."

Schließlich startete man den Schlitten. Santa döste friedlich auf der Fahrt, während die wenigen Elfen, die mitfuhren, die ganze Arbeit machten.
Am Nordpol jedoch hatte die kühle Luft Vicky wieder halbwegs ernüchtert.
„Das war vielleicht stressig", fand er.
Einer seiner Kollegen guckte ihn verwundert an: „Was hast du denn erwartet. So läuft es doch immer. Santa hat schon seit Jahren nur noch Blödsinn gemacht."
„Oh ja", stimmte ihm ein Weiterer zu. „Ich erinnere mich an das Jahr, wo Mrs. Santa das Tête-à-Tête mit Knecht Ruprecht hatte."
„Oh, oder weißt du noch, als Rudolf Schnupfen hatte?", rief jemand.
„Oder als Santa sich gegen Coca-Cola auflehnen wollte? Es hat lange gedauert, ihm den Kilt auszureden und ihn vom roten Mantel zu überzeugen."
„Naja, Mrs. Santa scheint ihn wenig unterstützt zu haben", stellte Vicky fest. Er hatte das Bedürfnis, seinen neuen Freund zu verteidigen.
„Ach nee. Die sucht nur Gründe, vor dem Weihnachtsstress zu fliehen.
Spätestens am Valentinstag ist sie zurück und er hat ihr verziehen",
prophezeite Tinky.

Dein Freund und Helfer

Marco Dzebro

Sie nannten ihn den Advent-Killer, da er sich jedes Jahr zur Weihnachtszeit ein neues Opfer suchte, in kleine Stücke portionierte und diese dann, auf 24 Päckchen verteilt, an dessen Freunde und Verwandten schickte. Für die Polizei war es jedes Mal eine unsagbar quälende Prozedur, dieses abartige Puzzle aus Menschenfleisch wieder zusammenzusetzen, damit man die Person eindeutig identifizieren und protokollieren konnte. „Warum tun Sie mir das bloß an?", hatte ihn das letzte Opfer ängstlich gefragt. Tränen empfand er jedoch als Organ der bösen Worte und hatte deshalb gar keine Lust, auf ihr unsinniges Gewinsel zu antworten, beziehungsweise konnte sie ihn zu diesem Zeitpunkt ja auch schon längst nicht mehr hören, da ihre Ohren in zwei liebevoll dekorierten Päckchen lagen. Über viele Jahre hinweg hatte er das Handwerk seines kleinen Weihnachtsbrauchs immer weiter perfektioniert, sodass er ein wenig über ihr verzweifeltes Wimmern lächeln musste. Sie schien nicht zu ahnen, wie gnädig ihr das Schicksal in dieser Situation gestimmt war, denn seine ersten Opfer mussten noch Qualen erleiden, die am ehesten als eine Art Rache der Hölle zu beschreiben wären. In den Siebzigern gab es nun mal noch kein Internet oder sonstige Möglichkeiten, sich detailliert über chirurgische Techniken zu informieren. Die ersten paar Male sind ihm seine Opfer innerhalb weniger Stunden qualvoll ausgeblutet, als er in ungeübten Handgriffen Knochenbrüche, Amputationen und Häutungen an ihnen durchführte. Inzwischen waren seine Schnitte jedoch von fast schon begnadeter Präzision, mit der er sie jetzt dann auch letztendlich verstummen ließ, indem er ihre Zunge in Päckchen 14 legte und es mit Geschenkpapier umwickelte, auf dem kleine, singende Wichtel abgebildet waren. Dann zog er eine Flasche Riechsalz aus seiner Uniform und tupfte davon ein wenig an genau die Stelle in ihrem Gesicht, an der früher einmal ihre Nase war, damit sie wieder zu Sinnen kam, denn er war noch lange nicht mit ihr fertig ...

Ein paar Stunden vorher.

Den ganzen Tag schon schalteten die Radiostationen kurze Sondersendungen, in denen sie vor dem sogenannten Advent-Killer warnten, der sich jedes Jahr zur Weihnachtszeit ein neues Opfer suchte. Es gab bisher keinerlei Anhaltspunkte darüber, wer der Täter war, noch wo er als nächstes zuschlagen würde. Jedoch konnte man durch die Auswertung einiger Zeugenaussagen darauf schließen, dass er sich als Polizist verkleidete, um so Zutritt in die Wohnung seiner Opfer zu erhalten, an denen er sich dann grauenhaft austobte. Herr F. ließ sich durch diese Horrormeldungen jedoch seine gute Laune nicht verderben. Er hatte die gesamte Wohnung festlich geschmückt, seinen kitschigsten Festtags-Pullover angezogen, die ersten Geschenke schon verpackt und im Wohnzimmer wartete seine neue Eroberung

Apate auf ihn: eine angenehme Schönheit, deren griechische Wurzeln ihrer Vorfahren sich in dem dunklen Schwarz ihrer welligen Haare widerspiegelte. Er schaltete das Küchenradio aus und machte sich daran, die Tranchiermesser nachzuschleifen, als es plötzlich an der Tür klingelte. „Schönen guten Abend. Hätten Sie vielleicht kurz ein wenig Zeit für mich? Es wäre wichtig!" Der Polizist lächelte ihn freundlich, aber bestimmend, an. „Sicherlich! Worum geht es denn?", fragte Herr F. „Wie Sie sicher schon gehört haben, sind wir immer noch auf der Suche nach dem sogenannten Advent-Killer", klärte der Polizist ihn auf. „Ja, da habe ich schon von gehört. Schlimme Sache das Ganze!", antwortete Herr F., schmierte das Messer provisorisch an seinem Hosenbein ab und schielte unbewusst in Richtung des Wohnzimmers, in dem Apate bereits auf ihn wartete. „Ist noch jemand bei ihnen?", fragte der Polizist. „Wieso ist das wichtig?", antwortete Herr F. und bemerkte im gleichen Moment, dass sein Tonfall ein wenig ungehalten klang, woraufhin ihm der Polizist lange und intensiv in die Augen schaute. Draußen klatschte unterdessen das schlechte Wetter gegen die graue Fassade des riesigen Betonwohnblocks und es schien, als hätte der Regen sich nach dem viel zu heißen Sommer doch noch auf seine Aufgabe besonnen und versuchte, nun nachzuholen, was er in den vergangenen Wochen versäumt hatte. Der Polizist sagte kein Wort. Eine unangenehme, recht merkwürdige Situation. Herr F. wurde mulmig. „Irgendetwas stimmte da doch nicht." Der Typ war ihm unheimlich! „Sie haben bestimmt nichts dagegen, wenn ich mal kurz hereinkomme? Dann können wir uns in Ruhe unterhalten!", sagte der Uniformierte und drängte sich energisch an Herrn F. vorbei. „Wussten Sie eigentlich schon, dass der Täter als Polizist verkleidet herumläuft, um sich so das Vertrauen seiner Opfer zu erschleichen?", spulte er routiniert seinen Text herunter und durchwühlte mit neugierigen Blicken die Wohnung, soweit sie vom Flur aus für ihn einsehbar war. „Und woher weiß ich dann, dass SIE nicht der Täter sind?", fragte Herr F. „Finden Sie das etwa lustig?", sagte der Polizist. Jetzt, wo er so nah bei ihm stand, bemerkte er sofort die leichte Alkoholfahne in seinem Atem. „Können Sie sich eigentlich vorstellen, was das jedes Mal für eine ekelhafte Drecksarbeit ist, die Opfer zu identifizieren!" „Der Typ ist vollkommen durch!", dachte sich Herr F. als er dieses merkwürdige Zucken unter dem rechten Auge bemerkte, das ganz eindeutig nach psychologischer Betreuung verlangte und mit Sicherheit kein gutes Omen war. „Wenn ich jetzt nicht aufpasse, dann ende ich heute noch als großer Sonderbeitrag in den Nachrichten!" Die Bedeutsamkeit dieser Situation ließ seinen Puls nun schneller schlagen, als ein Rentier fliegen kann. „Puzzeln kann aber auch die Nerven beruhigen! Meine Oma konnte stundenlang puzzeln! Für die war das wie Meditation!", versuchte Herr F. die angespannte Situation zu lockern. Doch der Polizist hörte ihm gar nicht richtig zu, sondern hatte sich von ihm abgewandt und öffnete die Tür zum Wohnzimmer. „Apate!", schoss es Herrn F. durch den Kopf, doch es war zu spät, denn der Polizist hatte sie schon entdeckt! „Na gut, dann gibt es dieses Jahr halt doppelt so viele Päckchen!" Er zog seine Pistole aus dem Halfter und wollte sich gerade umdrehen, als Herr F. ihm in einer schnellen Bewegung die Kehle mit dem Tranchiermesser durchschnitt. Der Polizist krampfte, fiel zu Boden und blutete langsam aus. „Schau mal, Apate: die haben jetzt Uniformen mit neuem Schnitt! Dann spannt die nicht mehr so an meinen Schultern!", sagte Herr F. während sie gefesselt auf dem Stuhl saß und ihn mit ihren vor Angst geweiteten, braunen Rehaugen verzweifelt anstarrte, kurz bevor er aus ihnen Päckchen 12 und 13 bastelte.

Alle Jahre wieder

Frauke Kropik

Es war kalt geworden. Das nassgraue Wetter gefiel Emma nicht. Sie fröstelte und wickelte sich in ihre grüne Wolldecke. Das einzig Gute an diesen Tagen war, daß man es sich bei einer Tasse Tee und seinem Lieblingsbuch gemütlich machen konnte.

Man konnte auch herrlich Briefe schreiben an seine Freunde und Bekannten, in der Hoffnung, sie würden bald antworten. Ein Lichtblick!

Emma sah auf die Uhr. Jetzt saß sie schon seit einer Stunde unter ihrer Wolldecke und überlegte sich, was der graue Nebel da draußen Gutes an sich hatte. Bald würde es dunkel werden und die erste Kerze am Adventskranz würde Licht spenden.

Emma nippte an ihrem Tee. Morgen mußte sie unbedingt den Weihnachtstisch neu dekorieren. Die Bestellung von Herrn Huber war auch noch nicht da, also würde sie beim Verlag nachhaken müssen. Die Kunden, und besonders Herr Huber, der Oberstudienrat, waren immer so ungeduldig. Wahrscheinlich würde er wieder zetern, wo seine Bestellung bliebe. Dabei war doch noch soviel Zeit bis Weihnachten! Aber der Herr Studienrat wollte ja unbedingt das neue Buch von Dr. Eisenbart in seinem Bestand wissen. Zwecklos, zu erläutern, daß es noch gar nicht erschienen war, aber schon eifrig von den Medien beworben wurde. Und ja, sie hatte es bereits vorgemerkt.

Emma mußte schmunzeln, wenn sie an die Hektik im Laden dachte, alle Jahre wieder. Und bei dem Schmuddelwetter draußen erst recht. Jeder war froh, sich im Geschäft aufwärmen zu können. Ob etwas gekauft wurde, war nebensächlich. Hauptsache, die angebotenen Lebkuchen schmeckten. Müde blätterte Emma in den unbearbeiteten Verlagsprogrammen. Nein, heute würde sie damit nicht mehr anfangen. Schließlich war Sonntag und der erste Advent. So allmählich dämmerte es. Im Radio lief ,Last Christmas' und Emma pfiff leise mit.

Ja, das war´s! Sie konnte vielleicht Herrn Huber nicht mit dem gewünschten Titel dienen, aber sie konnte ihm einen Gruß über das Radio zukommen lassen, in der Hoffnung, ihn milde zu stimmen. Gedacht, getan! Kurzerhand rief sie beim Sender an und vereinbarte mit der netten Redakteurin, daß bis zum Ende der Sendung folgende Botschaft verlesen wurde: „Emma vom Buchladen an der Ecke und Dr. Eisenbart grüßen Herrn Huber und wünschen eine besinnliche Adventszeit!" Dann holte sie die Streichhölzer und entzündete die Kerze auf dem Adventsgesteck. Sie fühlte plötzlich eine kribbelnde Vorfreude auf den nächsten Tag und freute sich:

Auf morgen, auf Neuschnee, auf die erwartungsfrohen Kunden und auf einen Herrn Huber, mit dem nun vielleicht mal ein nettes Gespräch möglich wäre.

LAMETTA-REGEN & GLITZERSTAUB

FRAU SILBERFISCH

DR. EISENBART

Alle Jahre wieder oder: immer der gleiche Scheiß

Peter G. W. Hühne aka PolluxCastor

B. ist genervt. Seit Tagen schon spürt er eine Hektik bei den Menschen um ihn herum und niemand scheint Zeit zu haben. Alle rennen nur hin und her und fahren mit dem Auto von hier nach da, um dann ewig lange in Geschäften zu verschwinden, während sie gleichzeitig Angst haben, das Haus zu verlassen, da sie auf den Paketboten warten, als wäre das irgendwie wichtig.

Warum nur dieser ganze Streß?

Es ist doch eigentlich alles wie immer. Ganz normale Tage. Die Sonne geht auf, es wird gearbeitet, die Sonne geht unter, es wird geschlafen, und zwischendurch geht man mal joggen oder liegt auf dem Sofa vor dem Fernseher.

Was ist denn auf einmal anders?

Er, der er immer zeitlos im ‚Hier-und-jetzt' lebt, versteht das alles nicht.

Und warum stinkt – pardon: riecht – es überall nach Kerzenduft und Tannennadeln in der Wohnung? Ja, nicht nur in der eigenen Wohnung, sondern überall bei allen in den Wohnungen. Als wären alle gleichzeitig Opfer einer merkwürdigen Krankheit, die sich vielleicht durch Luft übertragen hat?!

Er beschließt, lieber vorsichtig zu sein, wenn er nach draußen geht.

Da es zudem ungemütlich nasskalt ist, reizt ihn die Außenwelt derzeit aber wenig. Wie schön wäre es jetzt in Südfrankreich am Strand. Da ist es zwar immer viel zu warm, wenn er gezwungen wird, im Sommer dorthin zu fahren, aber jetzt wäre das echt super. Aber nein, jetzt ist man zu Hause.

Er kann das ganze Gehabe nicht wirklich nachvollziehen und beschließt, lieber die Rolle des stillen Beobachters einzunehmen. Es hat ja ohnehin niemand Zeit für ihn, den einzigen Normalen auf dem Planeten, daher widmet er sich nun seinen eigenen Interessen. Und die bestehen im Wesentlichen aus saufen, fressen, schlafen und pupsen.

Aber das Verrückteste, was er in den wachen Momenten beobachtet, ist diese komplett nicht nachvollziehbare Macke, daß die Leute Bäume fällen und sich in die Wohnung stellen.

Warum muß man einen lebendigen Baum töten, um ihm dann in der Wohnung beim Vertrocknen zuzusehen?

Ist es nicht schlimm genug, daß der halbe Regenwald im Amazonasgebiet abgebrannt ist und die Lunge der Erde seit Jahrzehnten leidet? Wissen die Menschen denn nicht, daß die Pflanzen Kohlendioxid in Sauerstoff verwandeln und die Luft reinigen, ja überhaupt atembare Luft produzieren? Photosynthese? Licht-Dunkel-Reaktion? Klingelt denn da gar nichts?

Okay, Nadelgewächse sind zugegebenermaßen nun nicht die produktivsten Vertreter ihrer Art, was das angeht, aber sie funktionieren dafür auch im Winter, wenn alle anderen das Blattwerk abgeworfen haben, da sie ihre Blätter eben zu Nadeln zusammenrollen.

Sollten die Menschen vielleicht mal drüber nachdenken.

Aber wenn die Menschen denken könnten, dann wären sie ja intelligentes Leben und spätestens seit der massenhaften Verbreitung von RTL2 und Tele5 hat man bekanntlich den traurigen Beweis, daß die Menschen doch eher zu den primitiven Tieren gehören und den Delphinen und anderen noch lange nicht das Wasser reichen können.

Menschen sind fast so dumm wie Pferde, aber so dumm kann man ja auch nicht sein. Außer Pferde, die sind so dumm. 500-800 Kilogramm struntzdoofe Biomasse, die vorne frisst und hinten schon kackt und dabei aber nicht verträgt, wenn ihre Hufe in Scheiße stehen und das Problem trotz endloser Evolution und Zucht bis heute nicht behoben hat.

Naja gut, die werden ja auch von Menschen gezüchtet, was will man da erwarten.

„Wie gut, daß hier kein Pferd im Haus lebt", denkt er. „Wer weiß, was das jetzt noch alles an Unsinn machen würde, wenn hier der ganze Rest schon völlig durchdreht."

Besonders unverständlich ist für ihn, daß die Menschen einerseits scheinbar alles darauf vorbereiten, damit es zu harmonischer Geselligkeit führen soll, während sie andererseits total gestreßt und gereizt sind.

Sie richten die Wohnung her, räumen auf, kaufen Lebensmittel und backen leckere Kekse, die man aber nicht essen darf, horten ohnehin Nahrungs- und Genußmittel aller Art, als gäbe es kein Morgen, stellen extra Stühle an den Tisch und erwarten offensichtlich Besuch. Aber gleichzeitig eben dieser Streß. Diese Hektik. Und bei den kleinsten Problemchen gehen sie fast die Decke hoch und wirken irgendwie ausgebrannt.

Die Frau, mit der er seit fast drei Jahren zusammenlebt, flötet dabei seit Tagen mit ihrer Stimme, wenn sie ihm etwas erzählt, und ihm schwant Böses. Wenn sie das tut, endet das nämlich meistens mit Arbeit oder Belastung anderer Art für ihn. Und ganz ehrlich: er versteht nicht ein Wort von dem, was sie ihm erzählt. Ihr scheint es ja zu gefallen und sie freut sich und wie er das so grob einordnet, denkt sie wohl, daß es ihm sicher auch gefallen wird.

Er ist sich indes nicht so sicher, daß es ihm auch gefallen wird.

Es würde ihm viel besser gefallen, wenn sie mit ihm nach Südfrankreich fahren würde. Oder wenn sie einfach mal ohne Zeitdruck mit ihm spazieren gehen oder auf dem Sofa liegen würde.

Und dann, während er alleine auf dem Sofa liegt und an etwas völlig anderes denkt, da fällt es ihm wieder ein. Jetzt erinnert er sich, was das alles bedeutet! Es ist wieder dieses ‚Weihnachten', was irgendwie jedes Jahr stattfindet. Die anderen Jahre war es ja genauso, die gleichen Vorzeichen, das gleiche irrationale Verhalten, der gleiche Gestank und die gleiche Macke mit den toten Bäumen.

„Puh, Glück gehabt, das ist ja gar keine Krankheit, das war sonst auch immer nur so eine Phase", denkt er erleichtert. Den Sinn versteht er zwar trotzdem weiterhin nicht, denn während alle vorgeben, daß das das Fest der Liebe sei und sie sich mit ihren Familien, Freunden und Verwandten aller Art treffen und beschenken, ist es in Wirklichkeit doch primär ein Zwang.
Der Zwang, sich zu beschenken - rein um des Schenkens willen, nicht, weil man es will. Dabei muss man dann auch noch Leute einladen und bewirten, mit denen man eigentlich das ganze Jahr nichts zu tun und hat und die man vielleicht auch nie kennengelernt hätte, wenn man nicht um fünf Ecken mit ihnen verwandt wäre.
Oder mit ihnen zu unchristlichen Zeiten auf einen völlig überfüllten Saal zum Essen gehen, in dem die Luft steht und in dem viele weitere Familien aus Zwang sitzen, die eigentlich viel lieber ausschlafen und in Freizeit- klamotten auf dem Sofa rumgammeln würden, statt auf- gebrezelt am Tisch zu sitzen und zu warten, bis sie bedient werden.

Man könnte sich doch auch einfach so mal mit sei- nen Lieben treffen und sich beschenken. Warum muss man das zwingend an einem bestimmten Datum machen? Weil es sonst einfach nicht pas- siert?
Ja, die Menschen brauchen dafür extra einen Fei- ertag. Leider.
Und dazu nehmen sie dann den Tag der Geburt ei- nes Menschen, dem sie das restliche Jahr an ein Kreuz genagelt beim Sterben zusehen. Alle irre.

Aber vor allem fragt er sich: „Was soll bitte schön daran sein, wenn man als Deutscher Pinscher gar nicht mit auf den Saal darf und alleine Zuhause sitzen muss, während sie alle schlemmen? Es endet doch eh wieder damit, daß Frauchen mir ein komisches Kostüm anzieht (bitte nicht das Einhornkleid, bitte nicht das Einhornkleid, ich mag kein Pink und erst recht keine Kapuze) und mit diesem blitzenden Gerät in der Hand auf mich zielt und lacht und alle anderen lachen auch, aber niemand gibt mir was zu fressen, da alle satt sind." Er erinnert sich schaudernd an die Jahre zuvor. „Weihnachten ist doof, ich hasse es, jedes Jahr der gleiche Scheiß!" Und dann pupst Balu, steht auf und legt sich auf sein Hundesofa, da es auf dem großen Sofa stinkt.

Der allerschönste Weihnachtsbaum

Beate Siekmeier-Esalnik

Ich war ungefähr so alt wie meine Tochter jetzt. Also vor über 30 Jahren ...

Es war Vorweihnachtszeit. Mein Vater lag schon längere Zeit im Krankenhaus. Die Stimmung war bei uns nicht sehr fröhlich, besinnlich und voller Vorfreude auf das Fest.

Dann bekamen wir ein paar Tage vor Heiligabend die Nachricht, dass mein Vater über Weihnachten nicht nach Hause kommen kann.

Es war schrecklich. Falls meine Mutter, meine Geschwister oder ich noch einen Funken Weihnachtsstimmung gehabt haben, nun nicht mehr!

Da es Anfang der 80er offizielle Besuchszeiten gab, würden wir nur ca. zwei Stunden am Nachmittag zusammen verbringen können. Von 14.30 – 16.30 Uhr! So planten wir den Heiligen Abend im Krankenhaus.

Es war für uns keine Frage, dass es zu Hause keinen Baum geben würde, oder sonst irgendeine Tradition, denn es würde ja jemand fehlen. Und damals gab es kein Handy, kein Skype, oder, oder, oder.

Und dann kam Heiligabend!

Und alles kam anders. Es klingelte frühmorgens das Telefon. Das Krankenhaus war dran. Der Gesundheitszustand meines Vaters war so stabil, dass er für zwei Tage nach Hause durfte. An unsere Reaktion kann ich mich nicht mehr erinnern, aber an das, was dann kam, schon: Es wurde Weihnachten.

Wir packten Geschenke ein, wir besorgten unseren traditionellen Fleischwurstring, den es abends immer zu essen gab. Und es wurde ein Baum besorgt. Damals gab es nicht an jeder Ecke bei jedem Supermarkt Weihnachtsbäume. Man musste zum Gärtner, und was da am 24.12. kurz vor Schluss noch stand, war natürlich nicht gerade eine Augenweide.

Egal! Hauptsache: Ein Baum!

Der Baum wurde geschmückt, die bunten Teller befüllt, Geschenke unter den Baum gelegt und dann war er da. Der Moment, als mein Papa die Treppe hochkam. Das war ein kleines Weihnachtswunder.

Der Nachmittag verging und es begann die nächste Tradition, mit der wir vor ein paar Tagen abgeschlossen hatten. Ich verzog mich mit meinen Geschwistern ins Zimmer und wir warteten. Und dann hörten wir sie.

Die Glocken. Der Klang dieser Glocken war in diesem Jahr so schön. So befreiend. Es waren die Glocken wie jedes Jahr. Sie kamen aus dem alten Plattenschrank meiner Eltern und läuteten den Heiligen Abend ein.

Es ist die LP (Langspielplatte) ‚Weihnachten mit Heintje'!

Das war das Zeichen, dass wir kommen durften.

Nie werde ich diesen Moment vergessen. Meine Eltern standen in der Stube. Im Hintergrund dieser krumme und schiefe, total hässliche Weihnachtsbaum, den man auch mit Schmücken nicht retten konnte.

Und doch war er der allerschönste Weihnachtsbaum, den ich mir vorstellen konnte. Wir durften noch viele Jahre Heiligabend zusammen feiern.

Immer wieder wird die Geschichte dieses für uns kleinen Weihnachtswunders erzählt, auch, wenn meine Eltern leider nicht mehr dabei sind!

Mittlerweile habe ich selbst zwei Kinder, lasse mich vom Stress der Weihnachtszeit mitreißen, und doch kommen immer wieder diese kleinen Momente der Ruhe, des Zurückblickens, und, wenn ich irgendwo Heintje höre, die Tränen!

Für Mama, Papa, Ela und Holger
Hab euch lieb!
(Nicht nur zur Weihnachtszeit!)

Weihnachten
mit Heintje

Malia und ihre Bilder

Annette Frieboes-Esalnik

Es war kurz vor Weihnachten im Jahr 1901.

Malia stand wie so oft am Strand der Ostsee und blickte mit Tränen in den Augen zum Horizont.

Es war kalt, nur der selbst gestrickte Schal, den sie vor ein paar Tagen von ihrer Mutter zum zwölften Geburtstag geschenkt bekommen hatte, schützte sie vor dem rauen Wind.

Malia lebte mit ihrer Mutter, ihrem sieben Jahre alten Bruder und ihrer dreijährigen Schwester in einem kleinen Fischerdorf an der Ostsee. Das alte Haus, in dem sie wohnten, hatten sie von den Großeltern geerbt. Es war zugig und das Dach wies schon ein paar Löcher auf. Aber sie hatten dieses Dach über dem Kopf und etwas zu Essen auch.

Malias Vater war Seemann. Vor zwei Jahren ging er auf große Fahrt und kam einfach nicht zurück. Sie hörten seitdem nichts mehr von ihm, er galt als vermisst. Und da sie schon immer zu der ärmeren Schicht gehörten, wurde es nun deutlich schlimmer.

Malias Mutter musste Geld verdienen. Sie nahm eine Anstellung beim hiesigen Krämerhändler Herrn Johannson an. Seine Frau war krank und so kümmerte sie sich um den Haushalt. Ihr jüngstes Kind durfte sie mitnehmen und wenn Malia und ihr Bruder aus der Schule kamen, durften auch sie in die Wohnung des Krämers kommen. Es war hier so viel hübscher eingerichtet und immer warm. Zu Hause, um Kohle zum Heizen zu sparen, saßen Malia und ihre Familie oft mit Decken eingemummelt im kalten Zimmer.

Beim Krämerhändler, dessen erwachsene Kinder schon lange ausgezogen waren, gab es noch das alte Kinderzimmer mit Spielsachen und Büchern und Malutensilien. Dort hielt sich Malia gerne mit ihren Geschwistern auf, wenn ihre Mutter arbeitete. Malia las dann aus den Büchern vor, oder sie spielten gemeinsam mit den Bauklötzen.

Oft war es, dass ihre Geschwister vor Müdigkeit einschliefen. Dann nahm Malia sich die Zeit und ging ihrer Lieblingsbeschäftigung nach – dem Malen. Hier fand sie alles, was sie brauchte und sich zu Hause nicht leisten konnte. Sie nahm sich die leeren Blätter, die Pinsel und die Tusche und füllte das Papier mit Farbe.

Sie malte die Puppe für ihre Schwester, die sie ihr nie kaufen könnten und das Holzschiff für ihren Bruder. Und für ihre Mutter malte sie einen Sonnenaufgang am Meer, einen Tag, der anbrach, weil sie immer sagte, dass ein neuer Tag neues Glück bringen würde. Sie war ein so hoffnungsvoller, lieber Mensch und gab das an ihre Kinder weiter.

Malia steckte viel Gefühl in ihre Bilder, denn sie wollte sie an Weihnachten an ihre Lieben verschenken und sie so vielleicht doch noch ein bisschen glücklich machen, obwohl sie sich die echten Sachen nicht leisten konnten. Als sie fertig war, versteckte sie ihre Werke in ihrer Schultasche.

Dann nahm sich Malia ein neues weißes Blatt Papier. Sie erinnerte sich, wie sie mit Tränen in den Augen am Strand stand und an ihren Vater dachte. Sie spürte die klirrende Kälte und den Wind, der rau und kräftig das Wasser an den Strand wehte. Sie hörte das Rauschen der Wellen und das Rufen der Möwen. Sie sah die dunklen Wolken, die den Schnee ankündigten. Das alles nahm sie in sich auf und malte. Sie steckte all ihre Hoffnung und die Sehnsucht nach ihrem Vater in dieses Bild und im Stillen bat sie dabei die See, ihr doch ihren geliebten Papa zurückzubringen.

Malia war so in ihrem Malen versunken, dass sie es nicht bemerkte, als Herr Johannson ins Zimmer kam.

„Du hast da aber ein schönes Bild gemalt. Ich wusste gar nicht, dass du solch ein Talent besitzt."

Erschrocken fuhr Malia zu ihm herum.

„Oh, entschuldigen Sie, Herr Johannson. Ich habe Sie nicht bemerkt."

„Schon gut, Kleine. Ich wollte euch in die Küche holen. Dort gibt es Kekse und Milch für euch."

„Ja, natürlich. Danke, Herr Johannson. Das ist sehr nett von Ihnen. Ich gehe gleich mit meinen Geschwistern hin."

„Warte kurz, Malia. Ich habe eine Bitte."

Malia sah ihn erstaunt an. Was konnte der Herr von ihr wollen? Sie hatte doch nichts.

„Würdest du mir dieses Bild von unserer Küste und der rauen See geben? Weißt du, mein Sohn ist in die Stadt gezogen und vermisst sein altes Zuhause. Ich würde ihn sehr glücklich machen, wenn ich ihm ein Stück Heimat in sein Haus bringen würde."

Malia überlegte kurz. Aber da Herr Johannson immer so nett zu ihnen war und ihr in den Sinn kam, wenn sie das Bild auf Reisen schickte, würde es vielleicht ihre Bitte zur Rückkehr ihres Vaters weitertragen, gab sie es dem Krämer.

Ein paar Tage später am Abend, die Kleinen schliefen schon, klopfte es an der Tür. Da sonst kaum Besuch kam, sahen sich Malia und ihre Mutter fragend an. Malia öffnete die Tür und Herr Johannson trat ein.

„Es tut mir Leid, dass ich euch so spät noch störe, aber ich erhielt ein Telegramm von meinem Sohn. Ein Bekannter von ihm hat dein Bild gesehen, Malia. Er fragt, ob du mehr davon malen könntest. Er hat eine Galerie und verkauft dort Bilder und seine Kunden mögen solche Zeichnungen von der See. Er würde dich natürlich dafür bezahlen. Malia – du verdienst dann dein eigenes Geld. Was meinst du?"

Malia wusste erst nicht, was sie dazu sagen sollte.

Mit dem, was sie am liebsten tat, konnte sie tatsächlich Geld verdienen? Wieviel wohl? Aber jedes bisschen konnte helfen, damit es ihnen besser ging. Sie könnten

sich genug Essen kaufen, damit sie nicht hungern mussten und genug Kohle, dass ihnen immer warm war. Malia sagte also zu und bedankte sich höflich bei Herrn Johannson.

Am Weihnachtsabend, draußen schneite es und es war bitterkalt, saßen Malia, ihre Mutter und ihre Geschwister gemeinsam an einem schön gedeckten Tisch. Der bullernde Ofen verbreitete eine wohlige Wärme. Malia hatte ein Bild verkauft und davon die Kohlen bezahlt. Sie war stolz auf sich, dass sie ihrer Mutter damit helfen konnte. Von Herrn Johannson hatten sie ein üppiges Weihnachtsessen geschenkt bekommen, das sie sich schmecken ließen.

Malia verschenkte ihre Bilder, und als sie ihrer Mutter den „Sonnenaufgang" gab, weinte diese und fand es wunderschön.

Malia sah in die glücklichen Gesichter ihrer Lieben und dann dachte sie an den einen, der fehlte, und an ihr Bild, das sie auf die Reise geschickt hatte, damit es ihren Vater zurückbrachte.

Plötzlich war ein Geräusch von draußen zu hören. Die Tür wurde aufgestoßen und der Wind blies den Schnee herein.

Und dann sahen sie den Mann im Türrahmen stehen.

Ihr Vater.

Die See hatte Malia erhört.

Es wurde eines ihrer schönsten Weihnachten.

Sterne
Ulrich Bach

Sie hängen draußen,
Wind und Wetter ausgesetzt.
Der Himmel ist begrenzt –
ihr Firmament: Ein Dachbalken.
Herrnhut grüßt das ganze Jahr,
immer wieder Gleiches hersagend:
„Euch ist heute der Heiland geboren!"

Letzte Worte

Michael Duensing

Im Jahr 2010 hat Frau Silberfisch ihre erste illustrierte Anthologie mit Kurzge-
schichten herausgegeben. Das Buch war ein voller Erfolg. Und ich glaube, nein, ich
bin mir sicher, das vorliegende Werk wird genauso erfolgreich. Damals war ich als
Autor mit dabei. Doch dieses Mal ist es anders: Ich darf die Schlussworte schreiben. Ich bin beeindruckt von der großen Vielfalt schriftstellerischen Schaffens der
hier veröffentlichten Geschichten. Die Illustrationen von Frau Silberfisch krönen
diese literarische Kreativität auf eine ganz besondere Art und Weise. Ich hatte
eigentlich vor, auch eine Geschichte beizutragen. Tatsächlich habe ich sogar zwei
Texte geschrieben - aber, wie es manchmal so ist, es sollte nicht sein. Warum?
Die erste Kurzgeschichte war zu persönlich, die zweite nicht gut genug. Selbstkri-
tik? Ja! In Zeiten des Internets wird diese Tugend gefährlich vernachlässigt. Viele
glauben tatsächlich, was im so genannten „Netz" steht, ist die absolute Wahrheit,
teilen es, verbreiten es und sorgen somit in vielen Fällen für Unsicherheit. In diesem Buch gibt es auch Fiktion, doch wir alle wissen es. Die eine oder ander reale
Situation des persönlich Erlebten wird auch beschrieben. Ich verneige mich vor
der Offenheit mit großem Respekt. Ich freue mich sehr, dass es Frau Silberfisch
gelungen ist, diese bemerkenswerte Anthologie mit ihren wunderbaren Bildnissen
und künstlerischen Illustrationen zu veröffentlichen. Und das in Papierform, als
echtes Buch, denn … im Zeitalter der Digitalisierung darf das Gedruckte nicht verloren gehen. Ich möchte einen Dank aussprechen, dafür, dass ich an diesem Buch
(wieder) mitwirken durfte: Frau Silberfisch … es war mir eine Ehre.

Lektorat: Peter G. W. Hühne, Moniii, Michael Duensing, Regina Rößner, Nicola Roloff-Schindler
Wer jetzt noch Fehler findet, darf sie behalten. Besserwisser mag niemand. Und ja, es gibt neben Geschichten in der aktuellen Rechtschreibung auch welche, die nach den alten Regeln verfaßt wurden.

Satzschriften: Font Blend Family & Font Roboto Condensed Family,
Font Roboto Condensed Family: Made by Christian Robertson
Licensed under the Apache License, Version 2.0 (the „License");
you may not use this file except in compliance with the License.
You may obtain a copy of the License at

http://www.apache.org/licenses/LICENSE-2.0

Unless required by applicable law or agreed to in writing, software
distributed under the License is distributed on an „AS IS" BASIS,
WITHOUT WARRANTIES OR CONDITIONS OF ANY KIND, either express or implied.
See the License for the specific language governing permissions and
limitations under the License.

Satzlayout: Frau Silberfisch

DANKE

SAGEN FRAU SILBERFISCH UND BALU AN:

ALLE AUTOR*INNEN FÜR
IHRE TOLLEN TEXTE

FÜR DAS LEKTORAT:
PETER, NICOLA, MONIII, REGINA & MICHAEL

FRAU SILBERFISCH

AGENTUR FÜR MEDIALES DESIGN & ILLUSTRATION

Schluß.